Les Roses de Verdun

Bernard Clavel

Les Roses de Verdun

ROMAN

Albin Michel

22 rue Huyghens, 75014 Paris

ISBN 2-226-06988-7

A la mémoire de Jean Guéhenno

La mort des autres est pour l'âme une mauvaise nourriture.

Jean GUÉHENNO

... il s'est éloigné pour toujours. Je marche encore derrière lui, sans regret d'être fait d'une substance moins durable que le temps.

Jean REVERZY

Prologue

Du temps que j'habitais un petit village de la vallée du Rhône, Augustin Laubier était mon voisin. Il venait de perdre coup sur coup sa patronne, son emploi puis sa femme. C'était un vieillard encore solide, tout en os et en tendons, avec une tignasse noir et argent très drue. Il occupait une pièce unique dans une maison assez délabrée, à quelques sabotées du fleuve.

C'est sur la rive où il aimait à s'asseoir pour regarder les enfants s'amuser à barboter dans la lône toute proche que je devais faire sa connaissance. Il partageait son existence entre ce banc sous un platane et la forge de son fils où il allait se réfugier dès que la mauvaise saison l'obligeait à rentrer.

Les premiers temps, il me parlait surtout de son garçon, de son petit-fils et de ce qui se passait dans la forge. Puis, sans doute parce que j'avais réussi à capter sa confiance, il s'est mis à évoquer pour moi le souvenir de ses anciens patrons.

Comme bien des gens simples qui ont toujours vécu très près de la nature, Augustin Laubier avait un langage à lui, sans fioritures et pourtant d'une certaine richesse. Voulant reprendre son histoire qui ne m'a jamais quitté, j'ai tenté de retrouver à peu près sa langue. J'espère y être parvenu. En tout cas, je me suis appliqué à ne jamais trahir sa pensée. Ecrivant ces pages, j'ai éprouvé beaucoup de plaisir à entendre de nouveau sa voix.

Première partie

Le mal de Bright

1

Ce matin-là, j'avais commencé le ramassage des feuilles mortes dans la petite allée qui fait le tour du parc. Par endroits, c'est à peine un sentier bordé de charmilles très touffues vers l'extérieur et d'arbustes assez variés du côté de la grande pelouse en dévers, celle qui monte jusqu'à la terrasse gravillonnée devant la façade noble de la maison des maîtres.

Tout le long de cette allée, les feuilles sont bonnes à faire de l'humus. Il faut les rassembler au râteau, puis les charger dans la grande brouette à ridelles pour aller les déverser dans la fosse du pourrissoir, derrière les clapiers de ciment. En les mélangeant avec le fumier des poules et celui des lapins, en y ajoutant des orties vertes que je vais faucher au bord de la route ou en haut du verger, derrière le pavillon chinois, j'arrive à obtenir un excellent terreau en deux ou trois ans. Bien entendu, il faut arroser tout l'été, mais l'ortie chauffe et active la pourriture. Malheureusement, il n'est pas possible d'en faire autant avec les tas de feuilles énormes que je rassemble dans la grande allée carrossable et dans la cour d'honneur. Là, il n'y a que du platane qui mettrait une éternité à se décomposer et du marronnier d'Inde. La feuille du marronnier pourrait donner assez rapidement un bon compost, mais il faudrait pouvoir enlever les milliers de marrons qui germent et vous font pousser des petits arbres partout. C'est une vraie plaie ! Comme Monsieur s'oppose — et je crois qu'il a raison — à ce que j'allume des feux qui risqueraient de noircir le sol de l'allée et de roussir les arbres, je suis obligé de tout transporter au milieu du potager où je fais brûler avec les mauvaises herbes. L'an dernier, mon foyer s'est consumé jour et nuit durant plus de deux mois. Ce n'est pas une besogne très pénible, mais elle me prend pas mal de temps. Ça n'a pas une grande importance car je dois bien reconnaître qu'à cette saison, il n'y a pas énormément de travail dans le jardin.

Donc, je poussais ma grande brouette à ridelles (celle que j'avais bricolée l'hiver précédent et qui est bien pratique pour cette besogne comme pour le ramassage de l'herbe dans les pelouses) lorsque Monsieur est venu me trouver. J'ai été très étonné de le voir dehors à pareille heure. Il ne faisait pas chaud du tout. Un brouillard gris à peu près immobile dormait encore sur le Rhône. Il noyait de coton tout le fond de la vallée. Seules émergeaient quelques pointes de peupliers portant encore leur petit toupet de feuilles d'or. D'habitude, lorsque le patron sort pour faire son tour de parc, ce n'est guère avant onze heures. Il s'est avancé en souriant, la main tendue. Certains jours il me touche la main, d'autres fois il porte juste un doigt à son chapeau.

— Bonjour, Monsieur, comment allez-vous ?

— Ça va, mon petit. Et vous, ça marche ?

— Ça marche, Monsieur. Si le temps veut se maintenir au beau...

La peau de sa main était douce comme celle d'un enfant, mais il avait terriblement maigri depuis quelques semaines et j'ai eu l'impression de saisir une poignée de petits os fragiles. J'allais continuer de lui parler du temps et du travail, mais il m'a interrompu :

— Dites-moi, Laubier, d'après vous, combien de temps faut-il pour mettre la voiture en état de marche ?

— Ma foi, Monsieur, j'ai le sentiment que ça devrait pouvoir se faire assez vite.

— C'est-à-dire ?

— Oh ! vous savez, une Hotchkiss Cabour six cylindres de 35, même si elle a pas mal roulé, on peut compter qu'elle est comme neuve. Toujours menée en douceur, jamais le moindre petit pépin... Monsieur connaît la mécanique mieux que moi...

J'ai vu son œil s'éclairer. Il adore qu'on lui fasse des compliments de ce genre.

— Vous êtes gentil, Laubier, mais, sur le plan pratique, vous savez très bien que je ne suis pas de taille. Je connais mieux la table à dessin que l'établi... Enfin, cette voiture est tout de même sur cales depuis plus de cinq ans. Ce n'est pas rien.

— Je sais, c'est moi qui l'ai mise avec mon garçon. Mais je l'ai toujours graissée, surveillée, entretenue. Et vous y avez veillé. Je suis certain que nous ne risquons pas de mauvaise surprise.

— Pensez-vous que votre fils aurait le temps de venir vous aider à la remettre sur ses roues ?

Là, je n'ai pas hésité un instant. Je connais mon Pierre et je sais qu'il est tout dévoué à mes patrons.

— Aucun doute, Monsieur. Il se débrouillera pour venir.

— Alors laissez vos feuilles en plan et filez vite lui demander quand il peut se libérer.

J'ai abandonné ma brouette et mes outils au bord de l'allée. Le patron montait déjà vers la maison. Son pas était un peu hésitant et il donnait l'impression de s'appuyer sur sa canne beaucoup plus que d'habitude. Comme il s'arrêtait pour reprendre son souffle après une vingtaine de pas, je me suis souvenu soudain que j'avais vu, la veille au début de l'après-midi, le vieux Dr Rivaudin arriver à bord de sa Celtaquatre dont je ne donnerais pas plus de douze francs. Il était resté près d'une heure. Sur le moment, je n'y avais pas attaché d'importance. Mon patron connaît ce médecin depuis des années et il leur arrive de se rencontrer sans raison médicale. Rivaudin s'arrête parfois au retour de ses visites, mais c'est généralement en fin de journée, pour siroter un petit verre de vin de noix. Non, je n'avais pas été frappé mais, soudain, cette visite si longue à pareille heure et ce besoin de la voiture m'ont mis la puce à l'oreille. Tout ça était un peu inquiétant.

Je suis donc monté jusqu'à la remise, j'ai enfourché mon vélo et j'ai pris la direction du village. D'habitude, j'aime bien aller faire un tour à la forge de mon garçon. Son métier n'est pas exactement le mien, mais ils sont cousins. Je me sentais tracassé par ce qui sortait des habitudes de la maison. Je n'éprouvais pas grand plaisir à rouler dans le matin.

Il faut dire que j'étais déjà au service de la famille Martinon depuis bientôt trente ans. Ça représente tout de même un sérieux bail !

Lorsqu'il m'a engagé comme chauffeur, M. Martinon possédait encore son usine de Lyon, mais il venait d'acheter cette propriété. Sans doute avait-il dans l'idée de se retirer des affaires. A peine quarante-cinq ans, c'était encore jeune pour prendre sa retraite, surtout avec deux enfants en bas âge, pourtant il n'avait pas l'air d'un homme qui s'embarque à la légère. Pas besoin de le fréquenter des années pour sentir qu'il était tout le contraire d'un jean-foutre. J'entendais raconter à droite à gauche qu'il était à la tête d'une énorme fortune. Certains me conseillaient de me méfier d'un homme aussi riche. Et j'avais pour tous la même réponse :

— Au moins, il aura toujours de quoi me payer. Quant à savoir d'où lui vient son argent, ça ne me regarde pas.

Je sortais exténué et écœuré de cinq années d'armée dont quatre de guerre dans l'infanterie; j'avais appris à courber l'échine et baisser la tête pour éviter les mauvais coups. Je savais exécuter les ordres sans broncher, m'accommoder de tout et me satisfaire de rien.

Je n'avais pas conduit d'automobile depuis mon appel sous les drapeaux, mais, avant d'être mobilisé, ayant travaillé dans la mécanique, j'avais conduit des camions et des autos et je connaissais assez bien les moteurs.

Et j'aimais ça!

A l'époque, surtout dans un village comme

Saint-Genix-sur-Guiers d'où je venais, un garçon amoureux des moteurs passait tout de suite pour un cinglé. Mais je m'en foutais bien !

M. Martinon était ce qu'on peut appeler sans exagérer un as du volant. Lorsque nous partions tous les deux, c'était souvent lui qui pilotait. Installé à côté de lui, j'admirais. Il me disait :

— Prenez du feu, mon petit ! Je veux que vous arriviez à conduire mieux que moi !

Il adorait me donner des leçons. Il le faisait toujours avec énormément de doigté et d'intelligence. Il commentait ses propres manœuvres.

Il possédait alors une quarante-chevaux Renault vert bouteille qui bondissait. Il fallait voir ce qu'on soulevait comme poussière ! Mon patron me disait souvent :

— Laubier, quand je conduis, je n'aime pas bavarder. Le pilotage automobile requiert un maximum d'attention. Mais vous pouvez me parler. Racontez-moi un peu ce que vous avez vécu pendant la guerre. J'étais trop âgé pour être mobilisé dans l'active, mais je l'étais sur place. Dans mon usine. J'ai participé à la victoire à ma manière. Ça m'intéresse de savoir comment les choses se passaient à l'avant.

Je lui parlais de ce que nous avions enduré. Tant et tant de copains tués à côté de moi. Parfois, j'éprouvais le sentiment qu'il était troublé. Il posait souvent des questions assez précises sur les secteurs les plus proches de Verdun et sur la Voie sacrée, cette route qui ne s'appelait pas encore ainsi et que nous empruntions pour monter en ligne et gagner l'enfer. Une fois, dès les débuts, il m'avait demandé :

— En 14, les hommes qui savaient bien conduire et qui étaient capables de réparer un moteur, ça ne se ramassait pas à la douzaine. Je suis étonné qu'on ne vous ait pas pris comme chauffeur ou comme mécanicien. Est-ce qu'il y avait une raison ?

Moi, je ne savais pas quoi dire. Je n'avais jamais rien demandé à personne. Je me trouvais à la caserne quand la guerre avait éclaté, je suis parti avec les autres. D'ailleurs, à ce moment-là, on ne se doutait pas de ce qui nous attendait. On se voyait à Berlin en huit jours et de retour chez nous un mois plus tard.

Dès mon entrée au service de Lucien Martinon, je me suis mis à parcourir des kilomètres et des kilomètres avec lui. Souvent de très longs trajets à se relayer au volant. On avait tous les deux la même passion des moteurs et de la vitesse. On partait pour un oui ou un non. J'ai vite appris à ne m'étonner de rien. Lyon-Biarritz pour aller assister à une vente de tableaux ! Il y avait aussi les voyages avec Madame et les enfants. Là, il fallait savoir lever le pied.

Quand je me suis marié, en 1922, l'usine de

Lyon était déjà vendue, mais Monsieur m'a gardé à son service. Et mes patrons ont tout de suite proposé à ma femme de l'engager pour tenir la maison et faire la cuisine. Dès les premiers jours, Marthe s'est plu dans cette propriété. Elle s'entendait bien avec Madame qui lui apprenait le travail et les bonnes manières.

Lorsqu'elle s'est trouvée enceinte, en 24, Madame a un peu fait la gueule. Mais Monsieur disait en riant qu'on ne pouvait pas empêcher les gens d'avoir des enfants. Quand notre garçon a été là, tout s'est passé à merveille. Marthe a toujours su se débrouiller pour que rien ne l'empêche d'assurer son service.

Et notre petit Pierre a grandi dans le jardin que je cultivais. Il avait même le droit d'aller jouer dans le parc lorsque les maîtres ne recevaient personne.

Moi, j'avais tout de suite compris que mon patron avait autant besoin d'un homme qui sache l'écouter que d'un chauffeur. Et je n'avais pas à me forcer car ce qu'il me racontait était toujours passionnant.

Et puis, il y avait leurs enfants. M. Régis, qui était de 1909, et Mlle Claudine de 1912. Ils avaient bien des bontés pour notre petit Pierre. Jamais Marthe n'a eu besoin d'acheter ni vêtements, ni chaussures, ni cartable pour l'école. Quant aux jouets, n'en parlons pas ! Pierre devait être l'enfant le plus gâté et le mieux habillé de l'école communale. A se demander si certains parents n'étaient pas un peu jaloux. Madame disait qu'il fallait apprendre aux petits à donner. Chaque fois que Monsieur rapportait de Lyon des friandises pour ses enfants, il y en avait pour Pierre. Et ça venait de la Marquise de Sévigné ou du Prince d'Orange.

Personne, parmi les gens du village, n'avait jamais mis les pieds dans des confiseries de si grande renommée.

Comme la conduite de la voiture, son entretien et celui des bicyclettes de toute la famille me laissaient pas mal de liberté, j'étais vite devenu jardinier et homme à tout faire. Ça ne me déplaisait pas. J'aime beaucoup être au grand air. Pour le potager comme pour les massifs et les carrés de fleurs à couper c'était Madame qui me donnait des directives. Elle me prêtait des livres à lire sur la question. Elle était souvent un peu raide, mais moi je suis souple. Ça allait. Souvent elle soupirait :

— Quand je pense que votre patron, mon pauvre Augustin, a fait l'école d'horticulture et qu'il en est sorti avec un diplôme tout doré, il y a de quoi rire ! Si je le laissais s'occuper du parc, ça deviendrait vite la forêt vierge !

C'est tout de même Monsieur qui m'a appris à tailler les arbres fruitiers, les arbustes d'ornement et surtout les rosiers. Ça, les rosiers, il y veillait de près ! Et j'allais bientôt découvrir que c'était en souvenir de sa mère.

Lorsque M. Régis revenait de sa pension des jésuites pour son dimanche ou pour ses vacances, il passait le plus clair de son temps avec nous dans le jardin, le verger, le parc ou près des poules et des lapins. Marthe et moi, nous l'aimions beaucoup, M. Régis ! C'était un beau garçon blond avec de grands yeux bleus qu'il tenait de sa mère. Au physique, c'est à elle qu'il ressemblait le plus, mais il me semble que son caractère tirait plutôt vers celui de son père. Doux, avec des possibilités de colères violentes mais qui ne duraient pas et ne laissaient aucune trace.

Nous aimions aussi Mlle Claudine, mais elle était moins familière avec nous. Très espiègle. Tout de suite portée vers l'élégance, les toilettes. Elle passait le plus clair de ses loisirs dans les jambes de son père qui l'adorait, acceptait tous ses caprices et la gâtait peut-être un peu trop.

Je puis dire que nous avons vécu dans cette propriété des jours heureux. Travail et bonne entente. Payés convenablement et pas mal d'avantages en nature : logement, légumes, fruits, œufs, poulets, lapins, bois.

Le vrai bonheur, jusqu'à la mort du lieutenant.

Monsieur terriblement affecté. Madame aussi mais, plus jeune et plus dure, elle le montrait moins.

C'était à tout ça que je pensais ce matin, en pédalant vers le village et en m'éloignant de ces hauts murs entourant les quatre hectares où nous vivons vraiment à l'écart du monde.

Le village, on s'en est un peu approchés depuis à peu près une année que notre garçon a repris cette vieille forge où il s'est installé comme maréchal-ferrant. Je revoyais notre bonne vie ; le grand malheur qui avait frappé nos maîtres, et, à cause de cette visite du médecin et de cette perspective de départ, je sentais à quel point j'étais attaché à mon patron. Vraiment, je n'aurais pas aimé qu'il ait à faire face à une grave maladie.

J'ai tourné à gauche en face de l'hospice. Dès que je me suis engagé dans la descente, j'ai vu la fumée de la forge et j'ai entendu sonner le marteau sur l'enclume. C'est un bruit que j'aime. Comme à tous les bruits de travail honnête, je lui trouve quelque chose de rassurant.

2

Pierre était bien à la grosse enclume. Avec la masse à frapper devant, il mettait en forme la pointe d'un soc d'une charrue qui se trouvait appuyée contre l'établi et que j'ai tout de suite reconnue. C'était celle du vieux Cornier de la Côte, qui s'évertue à cultiver un demi-hectare de terre caillouteuse avec du matériel d'avant le déluge et un mulet qui doit avoir le même âge que lui.

Mon fils cognait dur. Les étincelles giclaient contre son tablier de cuir et sur ses avant-bras nus et poilus. Il est costaud, mon Pierre. Deux fois plus grand que moi, ou presque. Avec d'épaisses moustaches noires et une grosse gueule un peu carrée qu'il tient du père de ma femme. J'aime le voir user ainsi de sa force, moi qui l'ai tant porté sur mes épaules et poussé dans ma brouette. Je ne peux pas le regarder sans me dire que j'ai eu bien de la chance qu'il vienne au monde en 24 et qu'il échappe à tous les pièges de la Deuxième Guerre qui n'était pas plus drôle que la nôtre.

Il s'est arrêté de cogner, il a posé sa masse. Avec ses tricoises, il est allé remettre le soc au feu. Deux coups de soufflet pour faire repartir le charbon et il est venu m'embrasser en me demandant ce qui m'amenait à pareille heure. J'ai tout expliqué, la visite du médecin et cette sortie si matinale de M. Martinon. Pierre aussi a paru soucieux. Il a réfléchi quelques instants avant de dire :

— Cette semaine, Madame est allée deux fois à la pharmacie. C'est Denise qui l'a vue les deux fois en allant à l'épicerie.

— Je n'aime pas ça.

— Tu t'en fais pour des riens, mon pauvre papa.

— Non. Je ne sais pas pourquoi, j'ai une mauvaise impression.

Je n'en ai pas parlé à Pierre, mais lorsque ma mère est tombée malade, en 25, deux ans avant sa mort, je me trouvais dans les mêmes sentiments. Je crois que je suis un peu comme ces chiens qui sentent venir le malheur longtemps avant qu'il n'entre dans la maison.

Pierre avait un cheval à ferrer à onze heures, il m'a donc promis de venir tout de suite après le repas. Je sais qu'il n'a pas énormément d'ouvrage. Les paysans de cette région ne roulent pas sur l'or. N'empêche qu'ils rêvent tous de tracteurs et que les chevaux se font de plus en plus rares depuis la fin de la guerre. Et s'il y a peu de maréchaux-ferrants, il y a pas mal de mécaniciens.

J'ai repris mon vélo et je suis rentré.

Dès qu'il m'a vu déboucher du tournant au bout de la grande allée, Monsieur qui se tenait dans son fauteuil derrière la porte vitrée du petit salon a ouvert pour me faire signe de venir.

Quand je l'ai rejoint, il avait déjà repris sa place près du mirus où le feu flambait clair derrière les micas noircis. J'ai annoncé tout de suite que Pierre viendrait au début de l'après-midi. Il m'a remercié en ajoutant :

— Vous penserez au bois, Laubier.

— C'est fait, Monsieur, il y a deux paniers dans le couloir.

Il m'a montré celui qui était là, presque vide :

— Ce sera encore mieux s'il y en a trois.

Comme je me baissais pour prendre le panier, il m'a arrêté :

— Tout à l'heure, en sortant.

Il semblait hésiter et je me suis dit que je ne l'avais pas vu souvent avec cet air embarrassé. Il m'a montré le fauteuil de Madame en ajoutant :

— Asseyez-vous une minute !

C'était la première fois qu'il m'invitait à

m'asseoir dans ce petit salon où il se tient le plus volontiers. C'est une pièce d'environ trois mètres sur quatre, très encombrée de meubles. Une bibliothèque bourrée, un secrétaire toujours ouvert et débordant de paperasses, un guéridon au milieu, trois chaises, deux fauteuils et, surtout, une table demi-lune recouverte d'un épais velours sombre, presque noir, avec des reflets gris sur les pans tombant jusqu'au sol. Quand elle fait le ménage dans cette pièce, ma femme annonce toujours qu'elle a nettoyé le catafalque. Elle le dit sans moquerie. Elle aimait trop M. Régis pour plaisanter.

Sur cette table, sous une lampe au lourd abat-jour vert foncé, il n'y a que deux cadres en ébène bordés d'un filet d'or. Dans l'un, une croix de guerre de 40 et une Légion d'honneur, dans l'autre la photographie de M. Régis en lieutenant de spahis. Un bel homme!

Chaque fois que j'entre là pour nettoyer le poêle, sortir les cendres et apporter du bois, je le regarde et mon cœur se serre. Durant l'autre guerre, j'ai vu mourir bon nombre de copains à côté de moi, mais il faut croire qu'on ne s'endurcit pas en vieillissant, car je ne me souviens pas d'avoir éprouvé le même sentiment. Il faut dire que mes copains de 14, je ne les avais pas vus grandir. Et puis, j'étais à côté d'eux, et j'avais plus à penser à ma mort qu'à la leur.

Je me suis donc assis en regardant ce visage. Monsieur a attendu quelques instants en silence. Sa chatte venait de sauter sur ses genoux. Elle frottait sa tête contre le nœud de sa cravate. J'ai vu sa main maigre empoigner les pattes noires.

— Moune, ne carde pas... reste tranquille ou je te fous par terre.

Il m'a regardé en ajoutant :

— C'est ce vent du sud qui l'agace. La pluie viendrait que ça ne m'étonnerait pas.

J'ai approuvé en regardant, derrière lui, la longue allée entre les deux rangées de platanes. Des feuilles soulevées par le vent tourbillonnaient pour se mêler à celles qui tombaient. Monsieur a encore pris le temps de soupirer. Sa main longue et blanche caressait lentement le dos de la chatte toute noire qui venait de se coucher en boule dans le creux de ses cuisses. Il portait une grosse veste de laine grise à chevrons et Moune essayait d'y engager son museau. Il m'a observé d'un air triste, puis son regard s'est porté vers le portrait du lieutenant.

— C'est pour aller le voir, Laubier, que nous avons besoin de la voiture.

Je n'ai su que hocher la tête. J'aurais voulu trouver quelque chose d'aimable à dire, mais rien ne m'est venu. Et c'est le patron qui a repris :

— Ce n'est pas à côté. Et vous savez que je ne suis plus en état de conduire.

Bien que j'en sois moi aussi persuadé, par politesse j'ai dit :

— Oh, Monsieur, un pilote comme vous !

— Non non, Laubier, tout vieillit. Même les plus fins conducteurs. Donc, il nous faut voiture en état, chauffeur en forme.

— Monsieur, avec une voiture pareille, je vous fais faire le tour du globe sans aucun problème.

Je n'avais pas entendu Madame arriver derrière moi par la porte restée entrouverte sur le grand vestibule. Sa voix m'a fait sursauter :

— Mon pauvre Augustin (elle m'a toujours appelé par mon prénom), la voiture tiendrait peut-être le coup. Vous, probablement, mais nous, je suis bien certaine que nous n'irions pas au bout. Se rendre à Aulnois à cette saison me semble déjà une folie, mais vous savez que quand Monsieur a une idée dans la tête, pour l'en faire démordre...

Il s'est mis à rire.

— Je ne serais arrivé à rien dans la vie si je n'étais pas comme ça. Et je pense que tu n'as rien à m'envier. Question caractère, on peut dire que tu as le tien et qui n'est pas facile non plus.

Dans ces moments-là, je ne sais jamais quel parti prendre, entre une femme que j'ai toujours peur de froisser, et un homme à qui je me vois mal tenir tête. J'ai eu un geste évasif.

— Vous savez, ce n'est pas si loin que ça !

— D'après vous, Laubier, combien ça peut faire ?

— Je ne sais pas, il faudrait regarder la carte.

Il a eu un petit geste sec en direction de la porte pour ordonner :

— Tenez, Laubier, montez dans mon bureau. Les cartes se trouvent dans le grand cartonnier vert. Le casier de gauche tout en haut. Ouvrez-le doucement, le cuir est fragile.

A l'entendre parler sur ce ton, il m'a semblé qu'il ne devait pas être très malade. Il n'avait rien perdu de son autorité. Sa voix était nette. Son œil vif. On pouvait presque en oublier sa maigreur, sa mine défaite et les cernes de ses yeux.

Je suis monté. Son bureau m'impressionne toujours à cause de l'entassement des dossiers sur la table. Là, je ne pouvais pas m'y attarder à contempler les photographies que j'aime bien voir. J'ai pris les cartes et je suis redescendu.

Madame se tenait debout près de la porte-fenêtre. Elle nous tournait le dos et pourtant, j'ai tout de suite senti qu'elle n'était pas de très bonne humeur. Le guéridon avait été débarrassé et j'y ai étalé la carte de France. Nous l'avons tellement traînée dans la voiture, cette carte, qu'elle porte un petit trou d'usure à chaque angle de pliure. Mais, depuis qu'elle ne nous servait plus, Monsieur avait dû la consulter souvent car il a tout de suite piqué son index sur Aulnois sans la moindre hésitation. Le nom avait été entouré d'un cercle au crayon bleu. Voyant que ça se trouve à peu près à mi-distance entre Reims et Saint-Quentin, j'ai dit sans avoir à calculer :

— A mon avis, ça devrait faire dans les trois cent cinquante à quatre cents kilomètres. Ce n'est pas la mer à boire.

— Non, mon petit, ça fera un peu plus que ça. Tout au moins à l'aller. Parce que je tiens à passer par Malbuisson. Nous y ferons étape. Nous logerons dans l'hôtel où nous allions passer un mois, chaque été, avec les enfants.

Madame s'est alors retournée. Elle est venue se planter près de nous et j'ai senti tout de suite qu'elle allait se mettre en colère. Ses mains potelées se sont levées à hauteur de ce corsage noir tout plissé que Marthe trouve si difficile à repasser et elle s'est écriée :

— Ça alors, si je m'attendais à celle-là ! Eh bien, dis donc, pour un détour, c'est un détour !

— Nous y ferons étape.

— Mais enfin, Aulnois, on peut y être dans la journée, n'est-ce pas, Augustin ?

— Bien sûr, Madame. Très facilement.

J'étais dans un bel embarras. Je n'ai jamais aimé assister aux disputes de nos patrons. Je dois d'ailleurs reconnaître qu'elles sont très rares.

Mais là, je sentais venir le moment où j'allais y être mêlé et je me trouvais bien mal à l'aise. Monsieur a parlé très sec :

— Je te dis que je tiens absolument à revoir cet endroit. J'ai décidé que nous passerons par là !

Le ton était tranchant. Il n'y avait plus à y revenir.

Durant quelques instants qui m'ont semblé fort longs, nous n'avons entendu que le chuintement d'une bûche dans le mirus et, deux ou trois fois, le crissement d'une feuille de platane que le vent qui prenait de la gueule promenait contre une vitre de la porte. Madame m'a regardé en hochant la tête d'un air de dire : Mon pauvre Augustin, nous ne sommes pas au bout de nos peines ! Puis, posant ses mains sur ses hanches dans un geste qui lui est coutumier, d'un ton un peu railleur, elle a demandé :

— Tu as parlé de deux endroits où tu aimerais que l'on s'arrête, est-ce qu'on peut savoir si le deuxième est en Sibérie ou en Afrique équatoriale ?

Je n'ai pas pu m'empêcher de rigoler. Mon patron s'est mis à rire aussi avant de lancer :

— Il serait en Chine ou au Mexique que nous irions ! N'est-ce pas, Laubier ? À nous, les kilomètres ne nous font pas peur. Mais rassure-toi, ma chérie, c'est pratiquement sur notre route.

Il avait l'air d'hésiter. On l'aurait cru embarrassé. J'en étais étonné car ce n'est pas son genre. Depuis que je le connais, je ne me souviens pas de l'avoir jamais vu hésiter à dire ce qu'il avait envie de dire. Et à qui que ce soit. M'est alors revenu très rapidement en mémoire ce jour où, à la Libération, un nommé Vaudaux, qui n'était même pas du pays et qui se prétendait FTP, s'est présenté ici avec le gros Piotard, le coiffeur, et cet ivrogne de fils Boniface. Je les ai revus en un éclair arriver avec leur traction devant la porte du petit salon où je venais d'apporter un journal à Monsieur. C'est ce Vaudaux qui a lancé :

— Martinon, on vient chercher ta bagnole !

Je n'oublierai jamais le regard de mon patron quand il a répliqué :

— D'abord, jeune homme, quand on arrive chez quelqu'un, on dit bonjour et on se présente. On peut même aller jusqu'à dire : bonjour messieurs. Quant à ce que vous venez chercher, je n'ai pas de bagnole. Je n'en ai jamais eu ! J'ai une voiture. Qui n'est pas en état de rouler.

L'autre, tout d'un coup moins grand de dix centimètres, a bredouillé quelques mots du genre :

— On saura bien la faire rouler.

Là, le patron qui était toujours sur le seuil s'est effacé en disant :

— Donnez-vous donc la peine d'entrer.

J'ai tout de suite deviné ce qu'il allait faire. Et je me suis senti d'un coup tout gonflé de fierté. C'est toujours dans des moments pareils qu'on mesure à quel point on aime les êtres.

Les trois sont entrés. Monsieur est allé droit à la table où se trouvent la photographie de son fils en spahi et ses décorations. D'un doigt qui tremblait un peu, il a désigné le portrait. D'une voix aussi tranchante qu'un rasoir, il a lancé :

— Je ne sais pas d'où vous tenez vos galons, jeune homme, mais si le lieutenant Martinon n'avait pas été tué par les Allemands, s'il était ici aujourd'hui, il vous reconduirait au portail avec son pied au cul !

Le gros Piotard était plus rouge qu'une tomate. Il a tiré ce voyou de Vaudaux par le bras en disant :

— Viens... on n'a rien à foutre ici.

Toujours tranchant, mon patron a répliqué :

— C'est exactement ce que je pense !

Il les a suivis jusque sur le seuil et les a regardés monter dans leur traction avant et faire demi-tour en vitesse. Il tremblait de la tête aux pieds. Quand il s'est retourné, j'ai vu de grosses larmes couler sur ses joues.

J'étais fier de mon patron. Et j'ai pleuré aussi.

Ce matin, de le voir hésiter pareillement devant un nom à prononcer, une ville ou un village à désigner sur une carte, je sentais qu'il devait se passer au fond de lui quelque chose de très douloureux.

Il regardait sa femme en silence. Elle non plus ne disait rien, mais je la devinais tendue. C'est vers moi qu'il a fini par se tourner pour annoncer :

— Le lendemain, nous ferons le reste du chemin. Mais en passant par la route qui va de Bar-le-Duc à Verdun !

Lorsqu'il a prononcé ces mots, j'ai senti ma poitrine se serrer. Si je ne m'étais pas trouvé en présence de gens que je connais si bien, je me serais demandé s'il ne s'agissait pas d'une blague. Comme je restais bouche bée, il s'est tourné vers sa femme. Elle n'a rien dit. Elle semblait moins nerveuse mais ses yeux luisaient beaucoup. Revenant à moi, Monsieur a ajouté :

— Je sais, mon petit, ça doit vous faire quelque chose... La Voie sacrée !... Eh bien, nous l'emprunterons. Nous referons ce chemin que tant de soldats ont fait qui ne sont jamais revenus... En allant porter des roses à notre fils, nous en porterons aussi aux poilus de Verdun qui sont morts plus de vingt ans avant lui, pour la même cause.

Là, sa voix s'est étranglée d'un coup, et il m'a tourné le dos.

3

Madame s'est mise à pleurer. Elle est sortie en refermant la porte et je l'ai entendue qui montait dans sa chambre. Monsieur, pour cacher son émotion, s'est rendu près de la porte-fenêtre pour regarder vers le parc où le vent qui avait encore pris de la gueule dépouillait les arbres à grandes volées. Moi, j'étais planté devant ce guéridon où se trouvaient les cartes. Je ne savais pas quoi faire. Après quelques minutes, je me suis occupé du feu. L'ayant rechargé, j'allais sortir avec le panier vide lorsque Monsieur s'est retourné en disant :

— Nous allons voir cette route !

Il semblait avoir recouvré son calme. J'ai pris un papier et un crayon et nous avons établi notre itinéraire.

— Vous comprenez, Laubier, comme nous allons passer en altitude, plus tôt nous partirons, plus nous aurons de chances d'éviter les premières neiges. Je connais bien le Jura, il peut y neiger très tôt.

Une fois cette besogne terminée, je suis retourné à ma brouette et à mes feuilles mortes. Mais il restait peu de temps avant l'heure de se mettre à table et il me tardait de rejoindre Marthe pour savoir si, de son côté, elle avait appris quelque chose. J'ai donc fait deux voyages, puis j'ai remisé mon matériel et je suis rentré à la maison. Celle que nous habitons, en retrait de la demeure des maîtres, derrière la haie de fusains qui sépare le parc d'agrément du potager et du verger. C'est une petite bâtisse trapue et solide. Juste trois pièces, puis la remise à outils et le bûcher. C'est bien assez pour nous et je trouve très agréable de voir mon jardin depuis ma fenêtre. C'est une habitation où je me suis tout de suite senti chez moi. J'y suis à portée de ma besogne et c'est fort agréable.

Marthe n'était pas encore là. J'ai rechargé la cuisinière et tiré la soupe vers le milieu. Elle s'est mise à chanter. Assis près de la croisée, je regardais le jardin et je mesurais ce que j'allais avoir à y faire avant les froids. Je me suis mis à penser à notre vie derrière ces hauts murs et ce portail de fer forgé. J'ai toujours senti que cette clôture dresse vraiment une frontière entre nous et les gens du village. Rares sont ceux qui entrent ici. Le curé, le maire, qui est un gros entrepreneur de travaux publics, le Dr Rivaudin et M. Léonce Bartimard, un dentiste à la retraite, grand collectionneur de peintures et de sculptures.

Bien entendu, il y a aussi quelques artisans, mais ils ne viennent que pour travailler et j'ai la consigne de ne jamais les perdre de vue.

Lorsque Marthe est arrivée, elle m'a tout de suite demandé :

— As-tu idée de ce qui se passe ? Madame est allée s'enfermer dans sa chambre. Et je crois qu'elle pleurait.

Je lui ai expliqué ce qui venait d'arriver et quel voyage se préparait. En raison de l'affection qu'elle portait à M. Régis, elle a été touchée, mais je sais que, pour le reste, elle ne peut pas tout comprendre. Pour elle, Verdun ou la Voie sacrée, ça ne signifie pas grand-chose. Et c'est bien naturel, celui qui ne l'a pas vécu ne saura jamais ce que ça pouvait être.

Marthe avait ouvert la radio, mais je n'ai rien entendu. Je me trouvais à Verdun dans un trou plein de merde, d'urine et de sang. En même temps, j'essayais d'imaginer le cimetière d'Aulnois où étaient enterrés les os de ce garçon que j'avais aimé et regardé pousser avec admiration. Mais, alors que je cherchais à me le représenter allongé sous deux mètres de terre, il revenait vivant devant mes yeux. Il se présentait enfant, à tous les âges de sa jeunesse et sous tous les déguisements.

Surtout, plus présent encore, au cours de ses permissions durant son service militaire, en Algérie. Pour le deuxième classe que j'étais resté, ce jeune officier était impressionnant.

Assis à notre petite table en face de ma femme, j'entendais avec une surprenante netteté le rire qu'il avait lancé lorsque je l'avais appelé « mon lieutenant ». Il était devenu l'égal de ces hommes dont je dois admettre que, durant quatre ans, je les avais parfois redoutés tout autant que l'ennemi, la plupart du temps invisible, que nous devions repousser.

— Tu ne manges pas plus que ça ?

La voix de Marthe par-dessus le bruit de la TSF auquel je ne prêtais pas attention m'a fait sursauter.

— Je n'ai pas très faim.

J'hésitais encore, pourtant, j'ai fini par lui parler de mon inquiétude au sujet du patron. Elle a hoché la tête, son regard brun s'est assombri et elle m'a avoué qu'elle aussi était inquiète. Elle avait remarqué que la visite du docteur avait laissé Madame très troublée et elle l'avait entendue téléphoner à sa fille à ce sujet sans pouvoir saisir exactement ce qu'elle lui expliquait.

4

Un peu avant deux heures de l'après-midi, Pierre et moi étions au travail. Nous avons commencé par aller dans le premier bûcher adossé au garage, du côté du verger. Nous avons changé de place la pile de bois derrière laquelle se trouvaient cachées les roues de l'Hotchkiss. Car nous avions pris soin, en la mettant sur cales, de ne laisser dans le garage que de vieilles roues d'un autre modèle que le patron avait achetées à son concessionnaire pour, comme il disait : « donner le change et aussi du fil à retordre aux Boches s'ils lui prenaient sa voiture ».

Ce travail terminé, Monsieur est venu nous rejoindre dans le garage. C'était moins pour nous surveiller (il sait qu'il peut me faire confiance) que pour nous parler. Pour la centième fois peut-être, il nous a raconté comment il avait décidé d'acheter cette voiture. Vêtu chaudement, coiffé d'un vieux chapeau de feutre gris qu'il traîne depuis des années pour ses promenades dans le parc et aux environs, engoncé dans un épais manteau dont le col relevé lui cachait les oreilles, il s'était adossé à l'établi et on sentait qu'il était là pour un moment :

— Sacrée voiture, mon petit Pierre. Elle en a dans le ventre. Tu peux demander à ton père, c'est de la mécanique, ces engins-là !

J'ai tout de suite approuvé :

— De la grande mécanique. Et aussi une fameuse carrosserie ! Monsieur ne s'était pas trompé, en choisissant ce modèle.

Son œil s'est éclairé. Je sais depuis longtemps par quel bout il faut le prendre si on veut lui faire vraiment plaisir. Je ne le fais jamais pour le flatter. Ce n'est pas mon genre, je crois qu'il le sentirait, mais il a toujours été bon pour moi, c'est un homme qui a eu des malheurs et j'aime bien le voir sourire. Je savais qu'il allait démarrer :

— Mon pauvre ami ! Ceux qui me vendaient des voitures savaient qui j'étais. Ils n'ont jamais essayé de me refiler n'importe quoi. Et même ceux qui ne me connaissaient pas, un pilote de mon niveau, quand ils me voyaient essayer une auto, il ne leur fallait pas des heures pour comprendre à qui ils avaient affaire. J'en ai essayé pas mal, avant de me décider, mais celle-là, j'ai senti tout de suite qu'elle était parmi les meilleures.

De temps en temps il s'interrompait. Du bout de sa canne garnie de caoutchouc, il tapotait sur un tambour de roue ou une autre pièce. Il nous recommandait de ne pas négliger telle ou telle opération. Il savait fort bien que je ne risquais pas d'oublier, mais je crois qu'il le faisait surtout pour montrer à mon garçon qu'il n'ignorait rien de ce qu'était la mécanique. Puis il reprenait le cours de son récit :

— Celle-là, elle venait de remporter trois fois de suite le Monte-Carlo, elle s'était adjugé le record du monde à Montlhéry à 154 de moyenne. La seule qui aurait pu me faire hésiter, c'est l'Hispano. Je ne sais pas ce que vous en pensez, Laubier, mais je ne crois pas qu'elle était aussi solide.

— Vous avez raison, Monsieur, ça ne fait pas l'ombre d'un doute.

— Vous savez que j'avais beaucoup travaillé avec Berliet en sous-traitance. Marius, qui m'estimait bien, aurait voulu me vendre sa familiale 944 qui venait juste de sortir. Il m'aurait fait un très bon prix. Je lui ai dit : « Très bonne voiture, mon cher, mais pas assez sportive pour moi. » Il s'est incliné. Il le savait.

Là, je me suis arrêté quelques instants tandis que Pierre bloquait les boulons. J'ai passé ma main sur le beau capot arrondi en disant :

— Sûr que c'est quelque chose !

— Souvenez-vous, Laubier, les grands cols des Alpes, est-ce que vous avez vu beaucoup de voitures me doubler ?

— Pas une, Monsieur. Pas une seule !

Je le sentais heureux. Il devait aussi être très ému. Ce voyage dans les Alpes était sans doute la dernière grande randonnée que nous ayons faite avec M. Régis qui avait juste dix-huit ans et venait de passer son permis de conduire. Nous étions tous les trois, sans Madame ni sa fille. Avec le prétexte d'aller voir passer le Tour de France, mais surtout pour le plaisir de rouler.

Nous en étions à nous souvenir des autres voitures lorsque Madame est sortie dans la cour en criant :

— Qu'est-ce que tu fais là ? Ils n'ont pas besoin de toi. Si tu attrapes du mal, le voyage sera vite terminé !

Il a grogné je ne sais quoi, mais il est rentré tout de même avec Madame qui lui parlait gentiment de thé bien chaud. Je les ai regardés disparaître par la porte de la cuisine.

Elle avait encore l'air jeune et lui, avec sa canne et son chapeau reposant quasiment sur ses épaules, avait vraiment l'allure d'un vieillard.

Mon fils est comme moi très attaché à tout ce qui est mécanique. Je lui ai cent fois parlé de toutes les voitures que j'ai eu l'occasion de conduire, et je crois qu'il serait en mesure de les évoquer aussi facilement que moi.

Lorsque je suis arrivé ici avec mes patrons, la voiture automobile n'était pas ce qu'elle est de nos jours. Entre la fin de la Première Guerre mondiale et le début de la Deuxième, on n'a pas idée de l'évolution qu'a connue le moteur à essence. Quand mon patron avait sa Napier 40/50 HP Torpédo gris perle dont la capote jaune se repliait entièrement sur l'arrière, vous pouvez croire qu'on faisait sensation. Le dimanche matin, c'était toujours Monsieur qui conduisait pour mener la famille à l'église. Il arrivait qu'à la même heure je prenne mon vélo pour me rendre de l'autre côté du fleuve, chez les pirates, pour prendre livraison de la friture commandée. Plusieurs fois, je me suis trouvé de revenir au moment de la sortie de la messe. Il y avait toujours des nuées de gosses pour regarder cette auto.

C'était une six cylindres en ligne de quatre-vingt-deux chevaux. Une merveille anglaise ! On disait qu'elle valait largement la célèbre Silver Ghost lancée par Rolls Royce.

Mon patron démarrait en trombe et virait sur l'aile en haut de la place en soulevant un nuage de poussière. J'ai idée qu'il devait y avoir pas mal d'envieux parmi les gens qui affectaient de le mépriser. Je suis d'ailleurs absolument persuadé qu'il n'agissait pas de la sorte pour en mettre plein la vue. Non, il aimait la voiture et s'appliquait à piloter le plus vite et le mieux possible.

Le dimanche soir ou le lundi matin, c'était à moi qu'on demandait de reconduire M. Régis et Mlle Claudine, l'un chez les jésuites et l'autre chez les sœurs, à Lyon. Un jour, dans un magasin du village, ma femme a entendu parler de ces voyages dans cette somptueuse auto. Des femmes disaient qu'avec le prix des études de ces deux enfants on aurait pu construire une école neuve pour les gosses du village.

Dans les débuts, pour leurs réceptions, mes patrons engageaient des personnes du pays recommandées par M. le curé, mais ces gens-là n'avaient ni la classe ni la discrétion qui convenaient. Alors Madame a fait appel à des extras de Lyon que j'allais chercher et que je reconduisais en voiture. Et je sentais bien que c'était là une chose que le village encaissait mal.

Les premiers temps, j'ai éprouvé quelque gêne à faire partie de ce monde à part que les gens modestes dont j'étais rejetaient, mais je me suis habitué assez vite.

Quant à mon patron, même s'il était moins distant que Madame avec les personnes du voisinage qu'il lui arrivait de rencontrer, il ne prêtait pas la moindre attention au jugement qu'on pouvait porter sur sa manière de vivre. Il ne méprisait personne, mais se comportait en homme libre. Heureux d'être riche, il était persuadé d'avoir mérité sa fortune. Et c'est sans doute parce qu'ils le sentaient que nombre de gens, sans oser le dire, lui en voulaient un peu d'être si bien dans sa peau. Moi, parce que j'étais son chauffeur, certains me méprisaient aussi, et j'en étais parfois un peu peiné.

5

Il faisait presque nuit lorsque la voiture a été prête. Elle tournait comme une montre. Je l'ai juste sortie dans la cour puis l'ai rentrée aussitôt. La porte de la cuisine s'est ouverte. Du seuil, le patron nous a crié de venir le voir. Après avoir fermé le garage, nous l'avons rejoint dans le petit salon où il était seul, sa chatte sur les genoux. Il a simplement demandé :

— Alors ?

— Une merveille, Monsieur. Demain matin je la laverai. Ce soir, on ne voit plus assez clair.

— C'est ça. Et dès que vous l'aurez lavée, nous irons l'essayer.

Il a crié :

— Marthe !

C'est Madame qui a répondu :

— Marthe n'est pas là, qu'est-ce que tu veux ?

— Apporte le vin de noix !

Je le connais, ce vin de noix. C'est ma femme

qui le prépare avec la patronne. Durant la guerre, elles ont toujours réussi à dénicher tout ce qu'il fallait pour en faire.

Madame est arrivée avec un plateau sur lequel il y avait trois verres à pied et la jolie carafe en cristal gravée à ses initiales. Elle souriait :

— C'est le monde à l'envers, ce sont les patrons qui font le service !

J'ai dit que j'aurais pu le faire. Nous étions debout près de la porte, mon garçon et moi, et Madame a demandé :

— Tu ne les fais même pas asseoir ?

Je me suis empressé :

— Oh non, Madame, nous ne sommes pas très propres.

— Je ne vais pas les retenir longtemps.

Nos verres à la main, nous avons dit tout ce qu'il convenait de rappeler sur ce vin de noix et Madame a quitté la pièce.

— Donc, Laubier, nous pourrions partir lundi. A cette saison, mieux vaut ne pas trop tarder.

— Je le crois aussi. Nous pouvons avoir des brouillards.

Il s'est tourné vers mon fils :

— Dis-moi, mon petit, est-ce que ça te poserait un problème de venir coucher ici durant notre absence ?

Mon garçon m'a regardé, l'air un peu surpris. Il a demandé :

— Parce que ma mère ira aussi ?

— Pas du tout. Mais ce n'est pas Marthe qui va garder la maison ! Tu la vois, avec un fusil ?

Il s'est mis à rire de ce rire qu'il n'avait pas autrefois et qui me semble toujours un peu forcé. Pierre semblait embarrassé et c'est moi qui ai pris la parole :

— Mais certainement qu'il viendrait volontiers.

— Bien sûr, a dit Pierre, mais ma femme n'aimera peut-être pas rester toute seule à la maison. Ça ne lui est jamais arrivé.

— Eh bien, il faut un commencement à tout. Ta maison n'est pas isolée. En plein village, ça ne risque rien. Et qui veux-tu qui aille te cambrioler ? Pour voler quoi, des bouts de ferraille ? Une enclume ? Dis donc, faudrait des costauds !

Il s'est levé lentement, en prenant sa chatte avec infiniment de douceur pour la poser sur son fauteuil où elle n'a pas voulu rester.

— Allons, puisque tu es là, ça t'évitera de revenir. Montons, je vais te montrer les armes.

Nous avons quitté nos souliers et gagné le vestibule derrière lui pour prendre le large escalier de pierre entre les murs garnis de tableaux presque jusqu'au plafond du premier étage. Je n'ai pas souvent l'occasion de monter quand le lustre est éclairé, et je suis toujours très impressionné par certaines peintures. Comme cet énorme christ en croix ou ce guerrier du temps jadis avec un casque qu'on dirait en argent ciselé. Un cadavre, aussi, presque nu, verdâtre, avec des femmes en pleurs dont une lui tient la main.

Nous sommes allés jusqu'au bout du couloir de l'étage, dans la petite chambre qu'occupait autrefois l'Anglaise qui donnait des cours aux enfants durant les vacances.

— Tu coucheras là. Tu sais que la fenêtre donne sur le devant ; en la laissant ouverte, si la cloche du portail sonne, tu l'entendras. Je vais te montrer les armes.

Nous avons gagné son bureau. Dans un angle, au bout de la grosse bibliothèque bourrée de livres presque tous reliés en cuir rouge ou vert avec des lettres dorées, il y avait une carabine américaine à répétition qu'il a empoignée du geste vif et adroit de celui qui sait manipuler une arme.

— Tu connais, oui ? Un coup comme ça, et la première balle monte dans le canon. Le reste suit tout seul. Tu la mettras à côté de ton lit. Si quelqu'un entre dans le parc, tu fais les sommations. Pas dc réponse, tu tires dedans et après tu tires en l'air. Compris ?

Jc retrouvais là mon patron des premières années. Pas de baratin. Des ordres nets, précis, secs comme les gestes de sa longue main dure.

Ayant reposé la carabine, il est allé dans sa chambre qui jouxte son bureau et communique directement avec lui. Il en a rapporté un pistolet automatique.

— Ça sur ta table de nuit. C'est pour le cas où ils entreraient dans la maison. Alors là, bien entendu, plus question de sommations.

Tandis qu'il reposait le pistolet, je me suis approché de la photographie que j'ai toujours plaisir à revoir. Le patron tout jeune y figure en compagnie de deux camarades. Ils portent tous trois des vêtements de coureurs cyclistes du siècle dernier et sont appuyés à une triplette. En dessous, la photographie d'un homme botté assis sur une chaise de fer dont on ne voit que les pieds torsadés. Ses mains gantées posées sur ses genoux, il se tient très droit. Il a une veste de cuir avec des franges aux manches, un large ceinturon à énorme boucle carrée. Barbiche en pointe, moustache, regard hautain et un assez grand front sous un chapeau à très large bord. Il me ferait un peu rire si j'ignorais qu'il s'agit du colonel Cody, autrement dit Buffalo Bill, le vrai, le roi des tireurs à cheval.

Sur le bureau encombré de hautes piles de dossiers dont l'équilibre instable est la terreur de Marthe qui vient faire la poussière, il y a, comme presse-papiers, une grosse roue dentée en laiton très bien astiquée. Le pédalier de la triplette.

6

J'ai toujours trouvé un peu curieux que des personnes qui aiment beaucoup commander et qui, d'ailleurs, le font très bien, éprouvent grand plaisir à se vanter d'avoir désobéi. C'est le cas de mon patron qui m'a maintes fois raconté sa jeunesse en insistant toujours sur le fait que s'il n'avait pas désobéi à sa mère il ne se serait certainement pas enrichi aussi vite.

C'est une histoire que je connais dans ses moindres détails et qui me revient à l'esprit chaque fois que je revois son bureau ou même simplement une photographie d'un quelconque cow-boy car, pour moi, ils se ressemblent tous.

Mais, pour qu'on me comprenne bien, il est nécessaire que je remonte un peu plus loin que le temps de la triplette et de Buffalo.

Lucien Martinon, mon patron, est né en 1874. Son père possédait une usine de textile à Vienne, dans l'Isère. Un très brave homme doux et généreux marié à une femme plus dure que lui et très autoritaire. Ça se voit sur les portraits qui sont aussi dans le bureau. Le couple n'avait qu'un enfant : Lucien, mon patron, qui devait avoir dix-sept ans à la mort de son père.

Heureusement pour lui, ce père qui ne savait rien lui refuser lui avait acheté ce qu'on appelait encore un vélocipède. Et le garçon, en cachette de sa mère qui tenait ça pour une activité de voyou, participait à des courses. Après la mort du père, un matin, sa mère lui annonce :

— Pour la rentrée scolaire, je t'ai fait inscrire à l'école d'horticulture.

Il suffit d'avoir vu une fois le regard de cette femme pour comprendre que nul ne devait jamais oser discuter ses décisions. Et surtout pas son fils, à une époque où les enfants respectaient les parents bien plus que de nos jours. (Ce qui n'était sans doute pas plus mal.) Lucien n'avait plus qu'une chose à faire, aller pleurer de rage dans sa chambre. Mais avant de pouvoir disposer, il devait écouter les raisons de sa mère qui étaient celles d'une femme pratique :

— Tu sais que ton père rêvait de monter une fabrique à Lyon. Tu connais le terrain qu'il a acheté pour ça. Il est très bien placé ; presque en pleine ville. On construit tout autour. Tu sais aussi que j'ai une passion pour les roses. Tu seras rosiériste.

— Moi ? Rosiériste ! Qu'est-ce que c'est exactement ?

— C'est l'homme qui cultive des rosiers et qui crée de nouvelles variétés. Un artiste, en quelque sorte. Tu pourras même créer une rose que tu baptiseras Mathilde pour remercier ta mère de l'avenir qu'elle t'aura préparé.

Je passe sur les détails que Monsieur m'a confiés en long et en large, les magouilles d'un notaire ami pour monter une vente fictive et éviter les droits de succession. Bref, à sa majorité, Lucien Martinon serait propriétaire du terrain. En attendant : trois ans d'école d'horticulture. Il paraît qu'il avait des copains et même des professeurs qui aimaient le vélo autant que lui. Le service militaire comme cycliste du colonel. Avec ce fameux vélo pliant qu'on pouvait se coller sur le dos quand le sol ne permettait pas de rouler. Puis le retour à la vie civile.

Il prend possession du terrain en question, encaisse également l'argent que sa mère lui avance pour faire défricher et monter des bâtiments et des serres, puis il annonce qu'il va se mettre au travail. A l'époque, on ne se déplaçait pas comme de nos jours. Deux ou trois mois passent avant que sa mère ne vienne voir où en est l'installation.

J'imagine la tête que cette forte femme a pu faire en tombant sur le chantier : des compagnons charpentiers occupés à monter un vélodrome !

Un beau vélodrome tout en bois, avec une tribune, des vestiaires et une buvette couverte. Elle ne savait pas du tout ce qu'était un vélodrome. Quand son fils lui a expliqué à quoi devait servir cette construction étrange, il paraît qu'elle est restée clouée sur place, pâle comme une morte.

Mais ce devait être une femme très intelligente. Elle prend son garçon à part :

— C'est bien, mon gaillard. Tu m'as roulée. Je ne sais pas ce que tu feras de ça, mais je suppose que tu as ton idée. Tu comptes gagner de l'argent. Alors, débrouille-toi. Je tiens à être associée à ton affaire. S'il te manque encore un peu pour démarrer, je prends des actions.

Lucien Martinon, avec quelques copains et des champions célèbres qu'il faisait venir même de Paris, s'est mis à courir tous les dimanches. Les Lyonnais aimaient ça et l'argent rentrait bien. Et puis, en 1905, si je me souviens bien, le célèbre Buffalo Bill entreprend une longue tournée en Europe. A Paris, il obtient un triomphe. Mon futur patron se paie de culot, il prend le train et va le voir. Le cow-boy accepte de venir à Lyon. Il court à cheval contre Lucien Martinon et deux de ses amis en triplette. Ça doit être ce que certains considèrent comme une idée de génie.

Il vient tellement de monde que la compagnie des tramways est obligée de créer des services spéciaux sur la ligne qui dessert le vélodrome. Elle fait construire ces wagons ouverts des deux côtés, au toit bordé de bandeaux à franges qu'on va baptiser des buffalos. Je crois bien que certains ont roulé chaque été jusque vers 1939.

Seulement, tout a une fin. Dès que le vélodrome commence à obtenir moins de succès, Lucien Martinon n'insiste pas. Il le vend à un marchand de bois et charbon qui va y monter ses entrepôts. Il me l'a montré un jour que nous passions par là. Et il n'était pas peu fier !

Lui, il n'est pas homme à s'endormir. Tout en menant son affaire, il a réfléchi et il a inventé quelque chose de révolutionnaire : le guidon réversible. Un boulon à ailettes qu'il suffit de débloquer pour renverser le guidon. Position basse quand on veut foncer, position haute pour se reposer. Une petite merveille qui va faire fureur surtout chez les pistards. Ça devient le guidon LM, breveté SGDG. Il monte une usine et se met à fabriquer des vélos. La suite de la fortune, quoi !

Arrive la guerre de 14. On continue de fabriquer des vélos, surtout pour l'armée, mais on usine aussi des pièces pour les autos et les camions. Et même des douilles d'obus.

Tous ces camions qui nous montaient vers les

lignes ou qui transportaient le matériel roulaient avec des moteurs dont certaines pièces sortaient de son usine.

Moi, quand je l'ai connu, il était décidé à vendre son entreprise. Je n'ai jamais regretté d'être entré à son service. Pour moi, Lucien Martinon reste l'homme qui courait contre Buffalo Bill. Il reste l'inventeur du guidon LM.

Lorsqu'un homme de mon espèce qui adore la mécanique et qui s'intéresse à tout rencontre un tel personnage, comment pourrait-il ne pas l'aimer ?

Cent fois, il m'a raconté cette histoire (et bien d'autres d'ailleurs). Chaque fois il finissait de la même manière :

— J'ai exactement le même caractère que ma mère. Avant de mourir, ses dernières paroles ont été : « Les roses, ça conduit à tout. Mais tu en apporteras tout de même sur ma tombe. Tu auras les moyens d'en acheter ! »

Et nous sommes allés souvent en porter sur la tombe de cette femme que je n'ai jamais rencontrée. J'ai pourtant l'impression de l'avoir très bien connue et je suis persuadé que j'aurais éprouvé du plaisir à la servir.

7

J'étais allé accompagner mon fils pour fermer le portail derrière lui. Le temps de remonter jusqu'à la maison des maîtres, de fermer tous les volets pour la nuit et de m'assurer qu'il y avait du bois en quantité suffisante, ce n'est pas bien long. Et, une fois de plus, j'avais vu repasser toute cette histoire dans ma tête. Quand je suis rentré chez nous, la soupe était prête et Marthe m'attendait en lisant le journal. Sans lever la tête, elle m'a annoncé :

— Demain, faut que j'aille au village. Ravitaillement : saindoux deux cents grammes contre le ticket GB d'octobre qui sera périmé le 25. Ça nous fera le double, comme Madame n'en prend pas, je pourrai en donner un peu à nos jeunes. Y paraît que Monsieur ne le supporte plus du tout. Je ne sais pas ce qu'il couve, mais il mange de moins en moins.

Je me suis assis en face d'elle et c'est seulement

là qu'elle m'a regardé, en repliant son journal. Elle m'a demandé :

— Qu'est-ce qui te fait rire ?

— Rire ? Moi, tu m'as vu rire ?

— Enfin, pas rigoler vraiment, mais à midi tu étais renfrogné, ce soir on te croirait tout guilleret.

— Non, rien. Je viens de revoir les trucs de Buffalo, et ça m'amuse toujours, cette histoire.

Elle nous a servi la soupe aux poireaux et aux carottes où j'ai cassé du pain sec, puis elle m'a demandé si nous en avions fini avec la voiture. J'ai précisé que le départ était prévu pour lundi et que Pierre viendrait coucher pour garder la maison. Je l'ai vu tout de suite s'assombrir. Laissant sa cuillère dans son assiette, elle a froncé les sourcils :

— Quoi, il a demandé à Pierre de venir coucher ?

Quand Marthe dit « il » au lieu de dire Monsieur, c'est qu'elle est en colère contre notre patron.

— Oui. Pierre viendra.

— Eh bien, la pauvre Denise va être contente, elle qui est froussarde comme personne !

— Elle pourra venir coucher près de toi. Comme ça, tu ne seras pas seule.

— Ça alors, c'est un comble... Tout de même,

l'égoïsme poussé à ce point ! Je trouve que ça dépasse les bornes !

J'étais ennuyé. Je sais bien que Marthe n'est pas mauvaise, je n'aime pas qu'on se dispute, mais je suis toujours mal à l'aise quand on s'en prend à mon patron. J'ai fini par dire :

— Que veux-tu, c'est un homme fatigué, malade. Toujours inquiet de tout.

— De tout ce qui est à lui. Mais les autres...

— Oh, n'exagère pas ! Nous n'avons pas à nous plaindre. Bien des gens envient notre place.

J'étais persuadé que c'était exact. Bon nombre de gens que nous connaissions auraient aimé vivre dans notre petite maison, avec des patrons dont il fallait reconnaître qu'ils étaient d'une grande générosité. Bien sûr, Marthe n'avait pas ma chance. Elle n'avait jamais vécu tout près de Monsieur. Jamais passé des journées entières avec lui au volant d'une voiture confortable à l'entendre raconter mille et mille choses souvent très amusantes et toujours pleines d'intérêt. Je ne me suis jamais fait trop d'illusions sur nos rapports, mais, tout de même, je reste à peu près convaincu qu'il y a des moments où il me parlait vraiment comme à un ami.

Bien sûr, il n'en va pas de même pour Madame avec Marthe. Notre patronne a toujours été un peu plus raide. Mais quand je pense à la vie que mènent les femmes et les hommes qui prennent le train tous les matins pour aller trimer en usine, je nous trouve très heureux !

Je crois que Pierre aurait plutôt tendance à être comme moi. D'ailleurs, c'est normal. Quand il a repris la forge après son apprentissage, Monsieur lui a prêté un peu d'argent dont il avait besoin pour acheter de l'outillage et du fer. Il faut dire que ses débuts n'ont pas été tellement faciles. En dehors de ses copains de la communale, les gens du village avaient tendance à le considérer comme le fils de la propriété. Le fils des gros sous, un garçon qu'ils avaient souvent vu mieux vêtu que leurs propres enfants.

Mais les gens sont parfois étranges. Les premières années de notre arrivée ici, Madame avait chargé Marthe de lui indiquer des familles pauvres et méritantes à qui porter chaussures et vêtements. C'étaient souvent des choses quasiment neuves. Et, avant de les donner, Madame exigeait toujours qu'elles soient nettoyées, lavées, briquées et repassées. Et pourtant, très vite, on s'est mis à critiquer. A parler de gaspillage ou à dire qu'on donnait des vieilleries et à essayer de deviner ce qui se passait derrière ces hauts murs. Excédée, Madame s'est mise à garder les vêtements. Lorsqu'il y en avait quelques cartons, elle me les faisait livrer dans un couvent de Lyon où l'on s'occupait des pauvres. Les religieuses m'accueillaient toujours à bras ouverts.

De ce jour-là, le village s'est mis à raconter que les Martinon étaient devenus radins, ou qu'ils étaient ruinés. Ce qui semblait faire grand plaisir à certains.

8

Le lendemain matin, dès le jour levé, je suis allé sortir la voiture dans la petite cour pavée où se trouve le robinet. J'ai branché le jet, et j'ai fait à l'Hotchkiss une toilette soignée. Elle reluisait mieux qu'un sou neuf. Lorsque Monsieur est sorti pour me rejoindre, j'ai vu tout de suite qu'il était très content. Il s'était vêtu comme pour un long voyage. Un costume de sport à carreaux avec six poches à revers comme j'ai toujours rêvé d'en avoir un (mais même si j'avais les moyens de me l'offrir, ça ne serait pas convenable de porter le même complet que mon patron), un chapeau en même tissu qui le fait ressembler à ce policier anglais si célèbre, une cape brune, des guêtres de velours gris par-dessus ses souliers noirs et, bien entendu, sa canne à pommeau d'argent.

— C'est prêt, mon petit Laubier ?

— Tout à fait prêt, Monsieur. Nous pouvons y aller.

A ce moment-là, Madame est sortie et il lui a demandé si vraiment elle ne voulait pas nous accompagner. Elle a lancé, presque en colère :

— Bien sûr que non, je ne suis plus une enfant, moi ! En tout cas, n'allez pas trop loin et faites attention !

— Sois tranquille, on ne passera aucune frontière.

Monsieur est monté à côté de moi. Il s'est installé.

— Allez, en route, mon bon Laubier !

C'est une phrase qui m'a remué parce que je ne l'avais plus entendue depuis des années alors qu'autrefois il me l'avait tant et tant répétée. C'étaient des mots qui appartenaient au temps du bonheur.

Nous avons roulé lentement dans la grande allée où un rayon de soleil assez vif faisait luire les feuilles rousses encore humides de la nuit. Je suis descendu pour ouvrir le portail et Monsieur m'a dit :

— Ne refermez pas, ça ne vaut pas la peine.

Sur la route, il m'a parlé des nouvelles du jour en insistant sur un fait qui semblait l'agacer souverainement :

— Nous nous sommes battus pour rien, mon pauvre Laubier. Et nos morts sont morts pour rien, une fois de plus. Le journal ne parle que de la renaissance des grands ports allemands. Les

Américains sont en train de soutenir à grands coups de millions de dollars la relance de Brême. Les Boches sont aidés beaucoup plus que nous. Mieux vaut perdre une guerre que la gagner. Dans vingt ans ils auront reconstitué leur armée et leur flotte de guerre. Ils nous tomberont sur le poil une fois de plus, sans doute avec les Japonais pour les aider !

J'étais heureux de conduire. J'allais en souplesse, satisfait de constater que ces années d'inaction ne m'avaient pas fait perdre la main. Je sentais tout à fait ma voiture. Les vitesses passaient sans grognement aucun, sans la moindre secousse.

— Quelle machine, Monsieur ! Quelle merveilleuse voiture ! Nous ne sommes pas à la veille d'en fabriquer de pareilles !

— Quand je pense à ces goujats qui voulaient nous la prendre ! Ils allaient l'arranger, c'est sûr ! Et c'est tout de même un comble de penser que les Allemands ne l'avaient pas touchée et que c'étaient des Français qui allaient nous la voler !

Nous avons roulé un moment sans rien nous dire, pour le plaisir d'entendre ronfler doucement le moteur. C'est tellement beau, un moteur qui tourne rond, surtout quand on l'a soigné comme j'ai toujours soigné celui de toutes les autos dont j'ai eu la charge !

— Vous prendrez derrière l'église, Laubier !

— C'est ce que je comptais faire.

Le patron a laissé aller son petit rire pour demander :

— Vous avez donc deviné où je veux aller ?

— Ce n'est pas sorcier, Monsieur.

Nous nous sommes engagés sur cette route sinueuse qui grimpe vers Millery juste derrière une traction avant. Une 11 légère. Tout de suite, le patron a retrouvé son ton de commandement :

— Dès que vous abordez le dernier virage, vous passez la deuxième et à la sortie, vous me doublez cette limace.

Je m'exécute. Petit coup de klaxon, une bonne accélération, nous passons et je dis :

— Vous avez vingt ans, Monsieur !

— Je voudrais bien, mon petit. A vingt ans je n'avais pas de voiture, mais je peux vous garantir que, sur un vélo, il n'y en avait pas des masses pour prendre ma roue et la garder plus de cinq minutes. Et je n'avais pas un vélo de six kilos avec double plateau, dérailleur et tout le bataclan comme ils ont aujourd'hui.

J'ai encore doublé trois ou quatre voitures avant d'atteindre l'entrée du petit chemin qui sinue entre les vergers pour finir par s'engager dans un bois de charmes où je me serais arrêté sans que Monsieur ait à me le dire.

— Nous allons voir si ça n'a pas trop changé.

Les coups de soleil alternaient avec des passages de nuages. Le vent du sud grognait en fouinassant comme un chien de chasse sous les taillis.

— Ce n'est pas entretenu du tout. Et on est venu me voler du bois, sacrebleu ! Le garde m'avait pourtant promis d'y veiller. Et je lui avais glissé la pièce.

J'ai un peu hésité avant de demander :

— Monsieur veut parler du père Ribourdon ?

— Bien entendu. Il n'y a pas trente-six gardes !

— Mais, Monsieur, il est mort depuis deux ans.

— Ah ! C'est possible. Je l'avais oublié, voyez-vous.

Nous allions d'un assez bon pas. Depuis le début de l'Occupation, à cause du manque de voiture, nous n'étions plus revenus là et je n'avais pas eu l'occasion de marcher avec mon patron. Il gardait toujours sa cadence vive, mais tout de même un peu moins rapide et, me semblait-il, à peine saccadée. A mesure que nous avancions vers la lisière sud du bois, je sentais que son allure se ralentissait et que son souffle devenait plus court. Nous sommes pourtant allés au bout. Là où la vue s'étend sur la vallée, très loin, où le fleuve décrit une longue courbe avant de disparaître. De là, on voit jusqu'au mont Pilat où quelques nuées assez lourdes semblaient vouloir s'accrocher. Le Rhône étincelait, irrité par ce vent qui lui rebroussait le poil. Les coteaux étaient jaune et rouge, avec des taches d'un vert sombre un peu lourd. Nous regardions en silence. Ce lieu était une des promenades préférées de mes patrons.

M. Régis y était souvent venu à la chasse.

D'ici, on pouvait continuer en cheminant à flanc de coteau, assez loin. Mais, ce jour-là, nous nous sommes arrêtés au sortir du bois. Après quelques minutes, d'une voix un peu enrouée, Monsieur m'a lancé :

— Retournons à la voiture, je n'ai pas chaud.

Nous sommes repartis. Son visage était très rouge, il transpirait et je le sentais de plus en plus essoufflé. Comme il butait contre des cailloux, j'ai proposé :

— Je peux aller chercher l'auto. Nous repartirons en marche arrière.

— Non, non, mon petit... Donnez-moi le bras... Ça ira.

Je n'ai pas osé insister, mais sa main brûlante qui serrait mon poignet m'inquiétait. Nous avons dû nous arrêter quatre fois. J'ai encore proposé d'aller chercher la voiture, mais sans trop insister parce que je sentais que mon patron risquait de se mettre en colère.

Aussitôt arrivés, je l'ai aidé à s'installer dans l'auto et je suis monté en disant :

— Nous serons vite à la maison.

— Non, non, Laubier, pas tout de suite... Laissez-moi reprendre mon souffle... Je veux vous parler.

Je dois avouer que j'ai eu un peu peur. Egoïstement, j'ai pensé qu'il avait peut-être des problèmes d'argent et allait m'annoncer qu'il ne pouvait plus nous garder à son service. En un éclair j'ai vu défiler un déménagement, un départ pour l'inconnu, la recherche d'un emploi et d'un logement à cinquante-cinq ans passés ; peut-être l'obligation d'habiter en ville, ce que j'ai toujours redouté. Je regardais du coin de l'œil son profil au nez d'aigle, ses pommettes saillantes où perlait une sueur qu'il épongeait avec son mouchoir blanc. Je lui ai demandé s'il ne craignait pas de prendre froid.

— Non, mon petit. Ça va déjà mieux.

Quelques minutes ont encore coulé avec le passage de gros nuages dont l'ombre lumineuse courait sur la campagne. Puis, tournant la tête vers moi, il s'est adossé de biais à la portière pour me confier d'une voix dont le calme m'a surpris :

— Laubier, je suis foutu !

Sur le coup j'ai été choqué, mais j'ai pensé qu'il parlait comme on peut le faire quand on se sent vieux, fatigué ou déprimé.

— Allons, Monsieur, solide comme vous êtes, vous...

Il a levé sa longue main blanche pour m'interrompre.

— Non, je sais ce que je dis. Depuis si longtemps que nous nous connaissons, vous faites un peu partie de la famille.

— Merci, Monsieur, je suis très touché.

— Je ne vous en ai jamais parlé, mais vous le savez bien. Ce sont des choses qui se sentent, n'est-ce pas ?

Comme je voulais lui rappeler les bontés qu'il a toujours eues pour nous, il m'a encore fait taire pour poursuivre :

— Je vous demande de garder ça pour vous. Je ne tiens pas à ce que tout le village le sache. Même ma femme n'est pas tout à fait au courant. Elle sait que je suis malade, mais elle ignore encore que c'est d'une maladie qui ne se soigne pas. J'ai pu voir Rivaudin un moment tout seul.

— Mais, Monsieur, il faudrait...

Je ne savais vraiment plus quoi faire. Que peut-on objecter à un homme qui vient de consulter un bon médecin et vous annonce froidement qu'il va mourir ? Il s'est donné le temps de retrouver son souffle avant de continuer :

— Ça s'appelle le mal de Bright. C'est le nom du toubib anglais qui a découvert ça. Malheureusement, il n'a pas découvert de remède. Si tout va bien, j'en ai encore pour un an, un an et demi à tout casser. Mais je vais aller en diminuant assez vite. C'est pourquoi je tiens à faire ce voyage à présent. Et si je vous en parle, Laubier, c'est à cause de Madame. Je ne la laisserai pas sans rien. Elle aura les moyens de vous garder, mais je voudrais être certain que vous, vous et Marthe, vous aurez envie de rester.

— Oh, Monsieur! Mais nous aimons beaucoup Madame.

A ce moment-là, il s'est tourné vers moi. Il avait vraiment l'air ému. Sa main moite s'est posée sur la mienne qui tenait le volant. Il l'a serrée fort en tremblant un peu, et il m'a dit, d'une voix légèrement enrouée :

— C'est bien, mon petit. Votre cri me rassure. Vous comprenez, je sais que ma femme est souvent un peu vive. S'il y a des angles, je ne serai plus là pour les arrondir.

— Mais, Monsieur, je vous assure...

Il m'a interrompu :

— Il y a aussi ma chatte, Laubier. Comme toutes les femelles, elle est plus attachée à son maître qu'à sa maîtresse. Je suis sûr que le jour où je m'en irai, elle risque d'aller plus souvent chez vous. Elle vous aime bien.

— Soyez tranquille, Monsieur. Vous savez

que j'adore les bêtes. Plus elle vient chez nous, plus elle me fait plaisir.

Sans transition, retrouvant d'un coup sa voix de chef et toute sa vigueur, il a lancé :

— Je ne veux tout de même pas claquer sans avoir repris le volant au moins une fois. Vous venez de me redonner ma jeunesse. Allez, à moi, mon petit !

Je n'ai pas hésité un instant. J'ai quitté mon siège et fait le tour de la voiture en vitesse pour lui ouvrir la portière. Il ouvrait déjà et je n'ai pu que lui prendre le bras pour l'aider à descendre. Il semblait vraiment avoir retrouvé très vite tous ses moyens. Son pas était ferme et ses mains ne tremblaient plus du tout.

Je n'avais pas encore refermé ma portière qu'il démarrait en trombe. Lui non plus n'avait rien perdu de sa virtuosité. Peu de conducteurs peuvent exécuter un demi-tour à cette vitesse. J'étais vraiment en admiration. A tel point que je n'ai pas pu retenir une question qui me brûlait la langue.

— Monsieur, êtes-vous certain que le docteur ne s'est pas trompé ?

Nous roulions encore dans le petit chemin de terre. Il s'est arrêté et tourné vers moi. Il y avait, dans ses yeux, quelque chose d'à la fois amusé et douloureux.

— Ecoutez-moi bien, mon petit. Rivaudin

n'est pas un imbécile. J'ai confiance en lui. Mais si je n'avais eu que son avis, j'aurais pu douter. C'est sans doute ce qu'il a pensé. Alors, dès qu'il a eu les résultats des analyses, pour m'éviter un dérangement, il est allé voir un grand professeur qu'il connaît bien. Il ne peut y avoir aucun doute. Aucun !

Comme il allait repartir, j'ai encore demandé :

— Et pas de remède ?

En mettant en route, il a répondu :

— Aucun !

J'ai compris que je ne devais pas le questionner davantage.

Au sortir du chemin, au lieu de prendre à droite pour redescendre vers le fleuve, il a viré à gauche en disant :

— J'aimerais voir ce que je peux encore faire dans les virages en grimpant vers Yzeron.

— Vous n'avez pas peur que Madame se fasse du souci ?

— Il faut bien qu'elle s'habitue à mon absence !

Nous avons roulé un bon moment en silence. Cet homme étonnant pilotait exactement comme je l'avais vu le faire tant de fois durant nos longs voyages. Et je sentais que, lorsqu'il doublait une voiture ou sortait d'un virage à plein régime, il était heureux comme un enfant.

Et puis, d'un coup, bien avant d'attaquer cette

série de virages dont il avait parlé, il a ralenti sans que rien ne l'y oblige. De nouveau son visage était ruisselant. Il s'est arrêté dans une ligne droite en soufflant :

— Foutu, Laubier... Le vieux est foutu !

J'ai repris le volant sans mot dire. Tout en roulant, je lui lançais de rapides coups d'œil. Il a enlevé son chapeau pour s'éponger le front.

Soudain, alors que nous passions à hauteur du petit cimetière du village, une averse s'est mise à crépiter. J'ai actionné les essuie-glaces et levé le pied. Le patron a remis son chapeau et lancé un éclat de rire qui sonnait un peu faux.

— Vous savez ce que c'est, Laubier ?

— Une averse qui ne durera pas.

— Ça, mon petit, c'est un coup du père Bright. Juste pour se rappeler à mon bon souvenir en passant près du cimetière... mais comme ce n'est pas ici qu'on m'enterrera, c'est raté, docteur Bright !

J'ai essayé de faire écho à son rire, mais je n'ai pas pu. Une grande tristesse venait d'entrer en moi.

9

Les préparatifs du voyage nous ont occupés durant trois journées pleines. Marthe était prise avec Madame pour boucler les valises qu'elle a bien dû refaire dix fois !

— C'est comme si Madame avait perdu la tête. Dieu sait pourtant si nous en avons préparé, des bagages, toutes les deux. Et quand il y avait les enfants, c'était autre chose ! Mais là, on dirait quasiment que vous vous embarquez pour deux ans au pôle Nord.

Moi, j'étais pris avec Monsieur qui m'a bien fait établir quatre fois l'itinéraire. Il a appelé l'hôtel de Malbuisson, puis un autre à Reims, et il fallait que je note tout. Une heure après, il me demandait si les réservations étaient faites. Cet homme que j'avais connu si supérieur à son entourage semblait devoir se noyer dans une goutte d'eau.

Autrefois, lorsqu'il occupait son temps entre la

Bourse, les expositions, les salles des ventes, les boutiques de brocanteurs et les grands vignobles, j'étais émerveillé qu'il ne prenne jamais une note. Quand je m'en étonnais, il se frappait le front du plat de la main en disant :

— Là-dedans, Laubier. Toujours tout dans la tête. Un bout de papier, un carnet, ça peut s'égarer. Le cerveau, si on le perd, c'est qu'on n'a plus rien d'important à foutre sur cette terre.

Le cerveau, ma foi... Pauvre homme !

Il a voulu revoir le moteur de la voiture. La pluie s'éternisait et j'ai dû le faire tourner dans le garage. Il prétendait entendre un bruit anormal.

— Comment, Laubier, vous n'entendez pas ce petit claquement ?

— Vraiment, monsieur, je n'entends rien d'inquiétant.

L'excitation de ces préparatifs l'empêchait de rester tranquille. Il a exigé que nous partions faire un nouvel essai. J'avais grand-peur qu'il ne veuille encore conduire. Madame a eu beau se fâcher, elle n'y a rien changé. Elle l'a obligé à s'habiller très chaudement car le vent fouettait une pluie glacée. Et nous sommes partis. Au portail, j'ai demandé :

— Où allons-nous, Monsieur ?

Avec un ricanement, il a lancé :

— Moi, mon petit, je vais au cimetière. Mais vous, vous avez encore le temps.

Je n'ai pas pu m'empêcher de lui répondre que c'était là une plaisanterie qui n'avait aucune chance de me faire rire. Nous étions arrêtés et j'attendais de savoir si je devais prendre à droite ou à gauche. Il s'est tourné vers moi pour me dire d'une voix qui m'a semblé soudain un peu émue :

— Vous avez raison, mon bon Laubier, prenez à droite. Et faites comme d'habitude.

J'ai pris la route de sa promenade préférée en disant :

— Avec ce temps, nous ne pourrons pas marcher.

— Ça ne fait rien.

Nous avons roulé en silence sous l'averse et c'est seulement au sommet de la côte que j'ai demandé au patron s'il entendait toujours ce petit bruit anormal. Il a laissé passer quelques secondes avant de constater :

— Non, vous avez raison. Ça m'a l'air de tourner tout à fait rond.

Mon impression s'est alors confirmée qu'il avait surtout voulu sortir. Peut-être tout simplement pour s'évader de la maison.

Nous entrions dans le chemin semé d'énormes flaques boueuses quand il m'a lancé :

— Laubier, très vite, comme à l'école pour les dates d'histoire de France : 2 juillet 1921 ?

Sans aucune hésitation j'ai répondu :

— Carpentier-Dempsey !

— Bravo, Laubier ! Bravo !

— Je ne risque pas d'oublier, c'était mon premier grand voyage avec Monsieur. Et aussi mon premier séjour à Paris.

Nous nous sommes arrêtés avant le bois où j'avais peur de m'embourber. Le temps était très bas et des nuées passaient qui frôlaient la voiture. L'eau ruisselait sur les vitres des portières et sur le pare-brise qui se couvrait de buée. On ne voyait rien mais il m'a semblé un moment que nous pourrions demeurer là très longtemps, dans cette voiture, sous la pluie qui tambourinait sur le toit.

Monsieur s'était mis à raconter notre voyage. Nous étions partis avec deux de ses amis qui, comme lui, prétendaient qu'à Paris nous connaîtrions le résultat du combat au moins dix minutes avant les Lyonnais. En fait, je crois surtout que ces messieurs avaient vu là une belle occasion de passer trois jours en garçons. Moi, comme je n'étais entré au service de Monsieur que quatre mois plus tôt, j'étais un peu surpris. J'allais vite apprendre à ne plus m'étonner pour si peu. Si ces messieurs m'avaient emmené avec eux, c'est qu'ils ne voulaient pas avoir le souci de la voiture.

Paris était en pleine folie. Les journaux ne parlaient que de ce match. Dans les cafés, dans les restaurants et les hôtels, partout on n'entendait que des gens soupesant les chances de Carpentier. On annonçait que des avions survoleraient la capitale pendant le combat et qu'ils lanceraient des fusées rouges si Carpentier gagnait, des blanches s'il perdait et des vertes s'il y avait match nul. Et tout le monde était persuadé de voir des fusées rouges. On se répétait le mot de Mistinguett qui avait déclaré à la presse :

— Ce Dempsey, il a un menton comme tout le monde, n'est-ce pas ? Alors Georges le descendra comme il a descendu les autres.

Le roi d'Espagne avait félicité d'avance notre Président, M. Millerand, qui avait tout prévu pour suivre le combat par téléphone.

On racontait que le coiffeur de New York qui avait coupé les cheveux de Carpentier faisait fortune en vendant des mèches porte-bonheur aux belles Américaines.

Mon patron avait une incroyable mémoire de ce temps-là. Il oubliait facilement ce que nous avions fait la veille, mais de ces trois journées de juillet 1921, il n'avait absolument perdu aucun détail. Il m'a même rappelé certains propos que j'avais tenus et qui avaient amusé ses amis. Il faut dire que le gaspillage incroyable d'argent qui se faisait dans ces moments-là avait de quoi bouleverser un homme comme moi. Je crois me souvenir que je gagnais alors dans les quarante francs par mois. En trois jours, mon patron et ses amis avaient bien dû dépenser trois fois mon salaire d'une année. Je n'avais pas à me plaindre. Ils me traitaient presque comme leur égal. Ça devait les amuser beaucoup de me voir si emprunté, si gauche dans ce monde qui n'était pas le mien.

En dépit de la défaite du boxeur français, l'aventure s'était terminée par une belle ribouldingue.

Monsieur m'a dit, en concluant cette histoire.

— Mon bon Laubier, quand vous raconterez ça dans vingt ans, on aura du mal à vous croire. Vous direz : mon patron était un maboul de grande envergure, mais c'était pas un mauvais cheval.

Et il m'a claqué le genou en disant :

— En route, mon petit, Madame va s'inquiéter.

Avant de lancer le moteur, je n'ai pu me retenir de le regarder pour lui demander :

— Monsieur, est-ce que vous avez parlé à Madame ?

— Non. Pas encore. Surtout, vous ne dites rien à Marthe. Les femmes ne savent pas tenir leur langue. Je parlerai à notre retour de voyage. Si elle savait, elle serait capable d'inventer je ne sais quoi pour m'empêcher de partir.

J'ai démarré. J'avais la gorge un peu serrée. Comment des êtres qui s'aiment peuvent-ils vivre ainsi avec la mort entre eux sans rien s'en dire l'un à l'autre ?

Ce n'était pas la première fois que des événements me montraient combien les gens riches sont différents des humbles, mais il me semble que jamais encore je ne l'avais éprouvé à ce point. Sa femme, sa fille, son gendre, leur belle-fille et leurs petits-enfants ne savaient rien. Et nous allions nous rendre sur une tombe que sans doute eux aussi avaient envie de voir.

10

La veille de notre départ, c'est-à-dire le dimanche, Marthe a encore passé une bonne partie de la journée avec Madame, à refaire certaines valises parce que le baromètre continuait de baisser. Le soir, en rentrant à la maison, elle m'a annoncé :

— La petite Claudine a téléphoné.

Nous avons toujours continué, entre nous, d'appeler ainsi cette gamine que nous avons vue si jeunette. Elle avait pourtant trente-six ans, un fils de douze ans et un mari gros industriel dans la fabrication des appareils de pesage et autres engins compliqués et hors de prix.

— Et alors ?

— Bien entendu, je n'ai pas su ce qu'elle disait, mais j'entendais Madame lui crier : « Je le sais bien, que ton père est fatigué et que ce voyage n'est pas fait pour le remettre d'aplomb, qu'est-ce que tu veux faire ? Si tu te sens capable de le faire changer d'avis, à ton bon plaisir, ma petite ! Moi, c'est au-dessus de mes forces... » Elle a dû proposer de partir avec vous, j'ai entendu Madame répondre : « Ah ! non. Ne va pas encore compliquer les choses. Non, je n'ai pas besoin d'aide pour faire des valises. Tu es gentille. Je t'appellerai en rentrant. Embrasse les enfants... » Et clac, elle a raccroché. Tout de même, ça me fait quelque chose... Et ils n'ont même pas prévenu la veuve de M. Régis.

— Elle est à Marseille, c'est loin. Et elle travaille.

— Tout de même, c'est sur la tombe de son mari que vous allez.

Je n'ai plus rien dit. Moi aussi, il y a des choses qui m'ont toujours étonné, mais je les admets plus facilement que Marthe, qui a une légère tendance à la révolte. Ça ne va jamais très loin. On sent pourtant bien que ça lui met souvent les nerfs à vif. Les premiers temps, il lui est arrivé deux ou trois fois de se faire remettre à sa place par Madame. Lorsque je partais avec Monsieur pour un long voyage, j'étais toujours un peu inquiet de la laisser avec la patronne. Mais, une fois que je lui en parlais, elle a eu cette réponse qui m'a frappé :

— Quand je suis seule ici avec Madame et

les enfants, elle n'est pas la même. On est deux femmes. Il y a des fois où je peux dire qu'on est presque des amies.

Je n'ai pas dit que lorsque je partais seul avec mon patron, j'avais quelquefois, moi aussi, un peu l'impression d'être avec un ami. Il me parlait inlassablement de sa jeunesse, de ses travaux, des tableaux de valeur qu'il avait achetés pour trois fois rien. Lorsqu'il prenait le volant, il me demandait de lui parler. Et il ramenait presque toujours la guerre sur le tapis. Il avait pourtant la collection complète, dans son bureau, du *Miroir* et de *L'Illustration* pour ces quatre années, il avait aussi tout un rayon bourré de livres de guerre. Il m'en prêtait pour que je les lise. Mais tout ça ne lui suffisait pas. Il voulait qu'on lui raconte. Il semblait avoir soif de savoir dans ses moindres détails ce qu'avait été notre vie dans la crasse et la boue, face à la mort. Il finissait toujours par conclure :

— Vous aviez tout de même de bons moments, même en première ligne !

Chaque fois qu'il me disait cela, je ne sais pour quelle raison, il y avait toujours la même vision qui me revenait : notre première montée vers Verdun. C'était à la tombée de la nuit. Il ne pleuvait plus mais tout était boueux et clapotant. Nous allions en pataugeant sur un mauvais chemin où l'on peinait à arracher nos godillots de la boue gluante. A un certain moment, de la tête on a fait passer :

— Serrez-vous... Serrez à droite !

Nous avons dû nous arrêter et monter sur un talus où l'on avait du mal à s'accrocher. Quatre hommes étaient au timon d'une grosse charrette déglinguée. Ils peinaient. Quand cet attelage est arrivé à notre hauteur, nous avons vu que ce char était chargé de soldats morts. Les corps étaient empilés les uns sur les autres, membres mêlés. Des bras et des jambes se balançaient. Une tête nue débordait d'une ridelle, la nuque cassée en arrière, la bouche grande ouverte.

Derrière, quatre autres territoriaux poussaient. Un aumônier suivait en récitant des prières.

Derrière nous, un Parisien dont j'ai reconnu la voix — il s'appelait Filliard — a lancé :

— Transport en commun. Combien y en a ?

Un des territoriaux a répondu d'une grosse voix qui roulait les *r :*

— Y en a quatorze, mon gros, et y reste de la place pour toi, si le cœur t'en dit !

C'était ma première image de Verdun. Elle me poursuit encore. Je n'ai jamais osé en parler à mon patron. Et je suis incapable de dire pourquoi. C'est peut-être que, à mes yeux, ce char de la mort est un pendant aux camions de la Voie sacrée.

Deuxième partie

Le voyage à Aulnois

11

Le lundi matin, jour de notre départ, il faisait un temps sombre. Il ne pleuvait pas, mais d'énormes nuages de plomb traînaient leur ventre assez bas.

Avec l'aide de ma femme, j'ai chargé la voiture. Il y avait quatre grosses valises et deux sacs plus ma petite valise, toujours la même. Nous avions prévu de démarrer à neuf heures, nous sommes partis à dix heures un quart. Monsieur semblait fatigué et très tendu. Il avait exigé que Pierre soit là pour lui faire encore des recommandations. Il lui a répété au moins quatre fois les consignes pour la garde en lui demandant encore d'être là à la nuit et de ne pas s'en aller avant sept heures le matin.

Jamais je ne l'avais vu dans cet état. On aurait vraiment dit que tout l'or de la Banque de France se trouvait caché sous son lit.

Nous avons gagné Lyon que nous avons traversé en restant sur le quai du Rhône. La voiture tournait merveilleusement. Mon patron était à côté de moi et Madame derrière. Dès la montée en longs virages après Saint-Clair, il a eu l'air de redevenir un peu lui-même pour me lancer :

— Allons, Laubier, doublez-moi ça ! Vous dormez, mon petit. Ne restez pas derrière ces emplâtres. Vous voyez bien que ce sont des paysans qui ne sauront jamais se dépêtrer de leurs sabots !

Je faisais de mon mieux, mais je savais que Madame n'aime guère la vitesse et qu'elle est toujours un peu crispée. Elle n'a pas manqué d'intervenir très vite :

— Laisse donc Augustin tranquille. Il conduit avec prudence. Il sait que je n'aime pas les folies. Je trouve qu'il conduit très bien.

— Je sais qu'il conduit bien, c'est moi qui lui ai appris. Quand je l'ai engagé, il n'avait jamais dépassé trente kilomètres à l'heure. Mais s'il traînasse, je vais prendre le volant.

Madame s'est fâchée :

— Et moi, je prendrai ma valise et je descendrai.

— Et tu rentreras à pied.

Il riait. Un moment, il m'a semblé que nous nous retrouvions comme au beau temps de la joie, quand les deux petits étaient dans la voiture, que leur père pilotait et qu'ils l'incitaient à dépasser tout le monde. Monsieur a ajouté :

— Si je dis à Laubier qu'il peut doubler, c'est qu'il n'y a rien en face. Et quand je crie : deuxième à fond, il faut que ça suive. Que ce soit comme si j'appuyais moi-même sur le champignon.

Je me suis permis de remarquer :

— Ce volant à droite, c'est le seul reproche qu'on puisse faire à cette voiture !

— Vous savez très bien que quand vous avez un type comme moi à côté de vous, ce n'est pas un problème.

Madame a osé observer :

— Tu n'as plus tes yeux d'autrefois. Ni tes réflexes.

Mais le patron était parti pour ne rien accepter qui risque de freiner son élan.

— Mes yeux ! Qu'est-ce que tu racontes ? Ma vision de loin est excellente. Lc fils Wertheimer me l'a encore dit à ma dernière visite. J'ai de meilleurs yeux que bien des gens de vingt ans !

J'ai entendu soupirer derrière moi :

— Les yeux ; mais le reste...

Je ne sais pas s'il l'a entendue lui aussi, mais il a continué de me donner des indications sur la route, la circulation et des ordres secs pour la conduite. Bien des chauffeurs n'aiment pas ça, moi, ça ne me gêne pas. Surtout de la part d'un homme qui a vraiment été un grand pilote.

Il avait oublié son mal. Sa fatigue s'était évanouie. Cette route retrouvée et ce moteur dont on avait l'impression que chaque vibration montait en lui à la manière d'un élixir de vie avaient fait de ce vieillard malade un jeune homme plein d'allant.

Le ciel s'était peu à peu éclairé. Les nuées moins basses laissaient de loin en loin filtrer un rayon de lumière sur les étangs de la Dombe. L'eau froissée par le vent passait alors du plomb à l'argent. De grands vols de canards et de sarcelles s'y abattaient comme des feuilles mortes.

Nous avons très vite traversé Bourg-en-Bresse où les rues sont larges et peu encombrées. A la sortie de la ville, j'ai viré à droite pour prendre la route que nous avions repérée sur la carte et qui monte vers Moirans-en-Montagne par Dortan. C'était celle que mes patrons avaient toujours empruntée pour se rendre en vacances à Malbuisson, mais c'était un voyage qu'ils effectuaient sans moi, je ne me souvenais pas de l'avoir prise bien souvent.

Dès les premiers virages, Monsieur m'a dit :

— Si vous ne lambinez pas, nous devrions être à Champagnole pour déjeuner...

— Champagnole, s'est écriée Madame, mais c'est un détour !

— Oui, seulement je tiens à manger chez Ripotot. Il me connaît. Il nous servira même si nous arrivons un peu tard.

— Enfin, c'est stupide. Marthe nous a préparé ce qu'il faut pour qu'on évite de perdre du temps.

Madame semblait furieuse, mais elle l'était moins que son mari qui s'est mis à crier :

— Ça alors, c'est un comble ! Vouloir me faire faire du pique-nique, à mon âge, et crevé comme je le suis... J'ai toujours eu ça en horreur ! Pourquoi pas coucher sous la tente, pendant que nous y sommes !

Cette fois, Madame a fait silence. Elle s'est laissée aller contre le dossier pour regarder le paysage où les couleurs d'automne frissonnaient sous le vent. Mais son mari restait sur sa colère. Il a poursuivi :

— Nous mangerons dans un bon restaurant. Les pieds au chaud sous la table. Si nous ne pouvons pas atteindre Champagnole assez tôt, nous trouverons bien quelque chose de convenable ailleurs.

Là, elle n'a pas pu s'empêcher de soupirer :

— Seigneur, pour ce que tu manges, les tartines de Marthe suffiraient largement.

— Je sais bien que sainte Marthe est la patronne des cuisinières, mais tu donneras tout de même tes foutus bouts de pain dur aux corbeaux. Regarde, il y en a partout. Laubier travaille, il a besoin de prendre. Et les pique-niques, il en a fait pendant quatre ans, il doit en avoir sa claque.

— Oh, moi, je m'accommode de tout.

— Eh bien, mon petit, tant mieux pour vous. Moi, je ne suis pas de ce bois-là !

Le ton était tranchant. Un regard dans le rétroviseur m'a permis de voir que Madame avait fermé les yeux. Je ne suis pas certain qu'elle ne pleurait pas. En présence de cet accès soudain de colère, je venais de retrouver mon patron des débuts. Celui qui me faisait peur. Je n'arrivais pas à croire qu'un homme habité par un feu aussi vif soit menacé par une mort prochaine. Comment une maladie incurable pouvait-elle trouver place à l'intérieur d'un être si plein de vie ?

Ce qui m'a toujours étonné aussi chez cet homme, c'est la rapidité avec laquelle il peut passer de la colère à la douceur. A peine quelques minutes de silence, et le voilà qui s'est mis à parler de la route. Il attirait l'attention de sa femme sur telle ou telle chose, rappelait le temps où ils faisaient ce trajet avec les enfants. Les joies, les découvertes, les haltes pour s'amuser d'un rien, les vieux paysans rencontrés dans les villages où il ne passait presque pas d'autos.

Il parlait de tout cela avec un vrai bonheur.

On aurait dit qu'il avait oublié que son fils n'était plus de ce monde. Qu'il ne reverrait plus jamais cette route des vacances. Il ne semblait pas se rendre compte que ce matin, elle nous menait vers la tombe d'un soldat.

Nous avons roulé ainsi un moment encore, avec des silences et des cris de bonheur lorsqu'il retrouvait un détail oublié du paysage. Et puis, comme nous traversions un bois, il m'a demandé de m'arrêter pour qu'il puisse descendre quelques instants.

Je me suis garé devant l'entrée d'un sentier forestier qui menait à une coupe dont on devinait la clarté. Je me suis précipité pour lui ouvrir la portière. Je l'ai aidé à descendre et j'ai vu que Madame pleurait en silence, enfoncée dans son coin.

12

J'ai vraiment roulé à fond tant que j'ai pu, mais la route n'était pas très bonne et nous n'avons atteint Champagnole qu'à deux heures moins dix. On nous a tout de même très bien accueillis et servis avec le sourire, seulement, le si bel entrain de mon patron avait fondu avec la fatigue. Son énorme faim de morilles à la crème et de truite au vin jaune de Château-Chalon s'était muée en un appétit de pinson. Je crois qu'il se serait facilement contenté d'une ou deux biscottes. Madame non plus n'avait pas grand-faim et moi qui aurais dévoré un bœuf entier, je n'osais pas manger.

Je m'étais souvent trouvé au restaurant avec Monsieur, mais rarement avec Madame. Sa présence silencieuse et triste m'intimidait. Je ne savais plus comment me tenir pour ne pas avoir l'air d'un rustre. Et puis, manger face à des gens à qui le chagrin coupait l'appétit me semblait incongru. Ils auraient pu penser que je ne partageais pas leur tristesse. Je les observais à la dérobée. Ils échangeaient des regards qui me faisaient mal. Devant les yeux de Madame qui restaient noyés de larmes, je ne cessais de me répéter : « Si elle savait... si elle savait... » Et les mots « mal de Bright » me poursuivaient sans cesse. D'autant plus qu'à ce moment-là, Monsieur avait vraiment l'air de souffrir.

Nous avions terminé le repas et il semblait s'être repris un peu quand le patron du restaurant est venu nous saluer. Bien entendu, il a demandé des nouvelles des enfants. Il était naturel qu'il ne soit pas informé, mais, je ne sais pourquoi, j'ai été presque choqué qu'une personne qui avait bien connu M. Régis ignore encore sa mort.

Alors, Monsieur s'est mis à raconter. Il aurait pu se contenter de dire que le lieutenant avait été tué en 40, mais non, il a repris ce récit que j'avais si souvent entendu. Je sentais qu'il en souffrait, mais, à certains moments, j'éprouvais le sentiment que cette souffrance même le soulageait. Et, tandis qu'il parlait, je revivais cette journée de l'an dernier où l'on m'avait envoyé à Lyon, à la gare, à bord d'une traction empruntée au gendre du patron, et avec le carton qui n'avait plus servi depuis 1939 puisque je n'allais plus jamais attendre des invités inconnus. Un carton de vingt centimètres sur dix où était écrit en gros « Lucien Martinon ». Ce jour-là, j'ai vu venir à moi une petite femme au visage anguleux. Elle tenait d'une main une fillette et, de l'autre, un sac de voyage bourré. La fillette qui était maigre elle aussi portait des lunettes dont les verres très épais agrandissaient et déformaient ses yeux. J'ai tout de suite retrouvé chez cette femme l'accent des paysans chez qui nous logions parfois, en 14, quand nous étions au repos. Je les ai fait monter toutes les deux derrière. Tout de suite, la femme a sorti un papier de son sac à main et m'a demandé si nous allions passer par la rue Vaubecourt.

— Non, madame, mais nous sommes tout près.

— J'aurais posé mon sac. Et même, je pourrais laisser la petite chez ma cousine.

— On peut y passer facilement.

— Ben, ce serait bien.

Elle s'est alors tournée vers la fillette :

— Tu aimeras ça, hein, rester avec cousine Louise dans sa loge. Tu verras beaucoup de monde.

— C'est comme tu veux, grand-mère.

Nous sommes descendus rue Vaubecourt et j'ai pris le sac qui était très lourd. La femme a eu l'air étonné mais me l'a laissé porter. La loge ouvrait sur le palier de l'entresol. J'ai posé le sac et suis redescendu attendre près de la voiture. Il soufflait une bise noire, mais je préférais le froid à l'obscurité de ces escaliers sombres qui m'ont toujours déprimé. Je me demande comment des gens peuvent vivre là sans presque en sortir, mais tout le monde n'a pas, comme moi, la chance de vivre à la campagne et de voyager souvent.

Quand la petite femme est revenue, elle était seule. Elle n'avait plus son sac mais un gros paquet enveloppé de papier brun et ficelé serré. Comme j'ouvrais la portière arrière, elle m'a dit :

— Si ça vous gêne pas, j'aime mieux monter près de vous.

Je l'ai fait monter devant. Elle s'est assise avec son paquet sur les genoux en disant :

— C'est un poulet de chez nous, et un bout de lard du dernier cochon qu'on a tué.

J'ai pensé avec plaisir que le lard allait finir dans notre soupe...

La femme s'est mise alors à me parler de son voyage. Sa petite-fille était atteinte d'une maladie qui lui faisait perdre la vue. Mes patrons lui avaient conseillé de venir consulter le spécialiste qui les soignait. Comme son fils et sa belle-fille travaillaient dans une usine, c'est elle qu'on avait chargée d'amener l'enfant.

Nous avons roulé un moment en silence, puis je me suis décidé à demander :

— Donc, c'est près de chez vous que le lieutenant a été tué ?

— Pas près de chez nous, mon pauvre monsieur, chez nous, dans notre cour. Sous nos yeux. C'est une chose que je n'oublierai jamais. Figurez-vous qu'il y avait deux officiers chez nous. Un colonel et un commandant. Et puis des soldats. On savait que les Boches étaient pas loin. Mais on n'avait pas voulu partir, à cause des bêtes. Un matin arrive ce lieutenant dans une petite auto, avec un soldat conducteur. Ils entrent. Je sais pas ce qui s'est dit. Quand le commandant a ouvert pour qu'il sorte, je l'ai juste entendu lui crier : « Je compte sur vous, Martinon, faut passer coûte que coûte. Sinon, nos gars sont foutus ! » Le lieutenant courait vers l'auto qui ronflait déjà quand une rafale a tué les deux soldats qui se trouvaient de garde à l'entrée de la cour. J'étais à l'écurie. Porte ouverte, j'ai tout vu. Le side-car des Fritz entrer dans la cour, le lieutenant qui a sauté sur le marchepied en criant : « Fonce !... Fonce ! » Il avait sorti son pistolet. Il a tiré et un Allemand est tombé avec sa moto. Pas celui du side-car, un autre. Et celui du side-car a tiré à la mitraillette. Le lieutenant a roulé dans la poussière. L'auto est allée contre le mur de la grange. Le conducteur était mort aussi. Quand les officiers sont sortis les mains en l'air, ils sont allés vers les corps, et ils ont salué. Les

Boches les ont laissés faire avant de les embarquer. Voilà, c'est ce que j'ai vu.

Jusqu'à la maison, elle n'a plus soufflé mot, si ce n'est pour dire qu'il faisait chez nous aussi froid qu'à Aulnois.

13

Ce déjeuner dans un si bon restaurant restera pour moi un souvenir bien triste. A la fin du récit de mon patron, ne pouvant retenir ses larmes, Madame s'est levée de table. Moi, je contemplais ma tasse de café sans oser y toucher.

Le reste de la route, à peine cinquante kilomètres sans aucune difficulté, n'était plus rien. Pourtant, je suis persuadé que mon patron a trouvé ce trajet terriblement long. Le souffle de nouveau très court, le visage luisant de sueur, il s'est tassé sur lui-même pour finir par être presque recroquevillé. Il ne consultait plus la carte, ne donnait plus aucune indication pour la conduite. A plusieurs reprises je l'ai senti qui s'inclinait à gauche puis revenait d'un coup sur la droite pour repartir. Il devait lutter contre le sommeil. Je redoutais qu'il ne vienne à piquer du nez contre le tableau de bord. Malgré moi, je revoyais toujours l'image du jeune coureur cycliste qui se mesurait à Buffalo Bill.

Un peu inquiet, j'ai fini par lui demander s'il ne voulait pas que je m'arrête un moment.

Madame a tout de suite dit :

— Ce serait sans doute une bonne chose.

Réveillé tout à fait, Monsieur s'est redressé sur son siège en criant :

— Non, non ! Pas du tout ! Pas du tout ! Au contraire, Laubier : foncez, mon petit, foncez. Plus tôt nous arriverons, mieux ça vaudra !

Durant peut-être dix minutes, il a recommencé de me faire la route, mais très vite, il s'est laissé de nouveau aller contre son dossier, la tête dodelinante, les yeux mi-clos. Son souffle était presque un râle.

J'allais le plus vite possible. Je sentais Madame un peu crispée, mais souffrant aussi de voir l'homme qu'elle aimait diminué au point de n'être même plus capable de m'indiquer la route. Et c'est elle qui, s'étant placée à gauche, se tenait au dos de son fauteuil pour me dire si je pouvais ou non déboîter pour dépasser.

Je nous revois très bien arrivant devant cet hôtel où les voitures ne pouvaient approcher qu'à trente pas au moins de l'entrée. Un employé est venu à notre rencontre et m'a aidé à faire sortir Monsieur de la voiture. Le prenant chacun par un bras, nous l'avons presque porté le long de l'allée et pour monter les quatre marches du perron. Il n'était pas lourd, mais absolument sans forces. Son souffle était une forge.

Les propriétaires de l'hôtel se trouvaient toujours là, mais c'était leur fils qui semblait avoir pris les affaires en main. Leur fils qui avait joué à la petite guerre avec M. Régis et qui, lui non plus, ne savait pas qu'il était mort.

Il se confondait en politesses et en condoléances. Il évoquait les vacances avec Régis qu'il aimait « comme son frère », mais Monsieur était inerte dans un fauteuil où il avait l'air de grelotter. On lui a servi une tasse de thé que j'ai dû l'aider à boire tandis que Madame écoutait les patrons raconter qu'avant de partir, les Allemands avaient tout cassé. L'hôtel venait d'être refait à neuf. Plus aucune chambre au premier étage, seulement des salons et une salle à manger pour les noces et banquets. Toutes les chambres au deuxième. Le propriétaire promettait une très bonne table pour le dîner, près de la grande cheminée toute neuve.

Monsieur que son thé semblait avoir tiré de sa torpeur faisait oui de la tête à tout ce qu'on lui proposait. Madame est intervenue :

— Je voudrais que tu te couches un moment. Tu en as besoin.

Il a soupiré d'une voix à peine perceptible :

— Oui... Je vais monter... J'aimerais m'endormir ici, en pensant aux jours heureux... mais je ne reconnais rien... Plus rien.

— Nous allons t'aider.

Un employé s'est avancé, mais il lui a fait un signe très vif de la main pour le repousser en soufflant :

— Merci, mon ami. Merci !

Je l'ai pris par un bras et Madame par l'autre. Nous avons fait trois stations jusqu'au palier du premier. Heureusement, l'escalier était large, nous pouvions monter de front sans être gênés. Et les marches recouvertes d'un tapis à fleurs n'étaient pas très hautes. Sur le palier, Madame lui a dit :

— Tiens-toi là, Augustin va t'apporter un siège.

Il a posé sur la rampe de bois sa main maigre qui tremblait. Je me suis précipité et j'ai apporté un fauteuil où nous l'avons aidé à s'asseoir. Mais, presque aussitôt, il s'est mis à éternuer.

— Je préfère continuer, je n'ai pas chaud.

Nouvel effort pour l'aider à se remettre sur ses jambes flageolantes. Le plus dur restait à faire par une envolée de marches hautes et étroites.

Nous étions déjà très engagés lorsque la propriétaire et une femme de chambre sont descendues. Nous allions essayer de nous tasser contre le mur pour les laisser passer mais la propriétaire a fait demi-tour en disant :

— Non non, continuez, nous allons prendre l'escalier extérieur. J'ai la clé.

Elles ont disparu très vite. Nous étions arrêtés, le patron aussi trempé que si nous l'avions tiré du lac. A bout de souffle, il avait encore le cran de plaisanter sur son sort :

— Savez-vous ce qu'elle pense ?

— Comment veux-tu qu'on le sache, a observé Madame.

— Eh bien moi, je le sais. Elle se dit : celui-là, c'était un bon client. Mais c'est bien la dernière fois que je le vois.

Nous avons fini par atteindre une vaste chambre à deux lits dont une porte-fenêtre assez large donnait sur le lac. J'ai entrevu son miroitement gris derrière les rideaux transparents, mais nous avions plus urgent à faire que de contempler le paysage. Une fois Monsieur assis sur le lit le plus proche, Madame m'a demandé :

— Vous allez m'aider, Augustin.

Il a trouvé la force de grogner :

— Laisse Laubier tranquille. Ce n'est pas une nurse !

— Il va m'aider à te déshabiller.

— Ce n'est pas un spectacle ragoûtant. Je suis déjà assez navré de te l'infliger.

Je ne savais pas quoi dire. Je redoutais d'être maladroit et de le froisser. Je ne sais plus du tout ce que j'ai pu bredouiller.

Il nous aidait comme il pouvait, mais l'impression me taraudait qu'il était plus proche de la mort que de la vie.

Des frissons le parcouraient de la tête aux pieds.

Dès qu'il a été nu, Madame m'a demandé de lui ouvrir la petite valise brune et de lui passer son eau de toilette. En attendant, elle l'essuyait avec une serviette-éponge. Très énergique, elle s'est mise à lui frictionner le corps et les membres. Il s'efforçait de rire pour nous rassurer.

— Tu me chatouilles... mais je vais puer la cocotte !

— Merci pour la cocotte, mon chéri. C'est moi !

Il semblait reprendre du poil de la bête. Une fois de plus, il revenait très vite à la vie.

— Ah, tu es la crème des femmes ! Si tu m'abandonnes pour partir avec un jeune homme, il me faudra bien du temps pour en trouver une comme toi.

— Eh bien, si tu continues tes imprudences, c'est ce qui arrivera. Je t'abandonnerai.

Il lui a pris la main et il l'a regardée avec des yeux vraiment pleins de tendresse. Tout doucement, il a murmuré :

— Tu avais raison, nous n'aurions pas dû revenir ici. Je ne suis qu'un vieux cinglé. C'est toujours une folie que de croire qu'on va pouvoir faire revivre les années mortes et les êtres qui ont disparu avec elles.

Quand il s'est tourné vers moi, je ne sais pas s'il a remarqué à quel point j'étais ému, car je me trouvais à contre-jour. Il m'a simplement dit, avec beaucoup de gentillesse :

— Merci, mon petit. Je vous fais bien des misères.

14

Redescendu dans le hall de l'hôtel, je regardais un journal. Madame est arrivée en disant :

— Il ne faut pas rester ici, Augustin, vous devriez monter vous reposer.

— Je ne suis pas fatigué, Madame.

— Voulez-vous marcher ? J'aimerais descendre jusqu'au bord du lac pour respirer un moment et me détendre un peu.

Nous sommes sortis. Le ciel était toujours menaçant mais il ne pleuvait pas. Le vent n'était pas chaud. Madame portait son manteau d'astrakan et un bonnet de laine. Moi, j'avais endossé ma grosse veste verte doublée. Nous avons traversé la route pour gagner le rivage. L'eau était belle. Pleine de vie. Tout habitée par la colère du vent qui brouillait les reflets. Des vagues nerveuses et assez hautes venaient de la naissance du lac et couraient le long des rives pour accélérer son cours. Elles clapotaient contre les barques dont les chaînes grognaient en frappant l'appontement de fortes planches usées et grises.

Personne sur la berge. Pas âme qui vive en vue.

— Nous avions notre barque, m'a expliqué Madame. Toujours la même : la numéro sept. Le fils des patrons que vous avez vu tout à l'heure disait que c'était un chiffre porte-bonheur. Avec cette barque-là on ne risquait pas de chavirer. Nous étions bien. C'était une vraie détente. Avec vous et Marthe à la maison, nous étions tranquilles. Surtout qu'à l'époque, vous aviez encore notre vieux Slim. Il était sourd et il lui manquait quelques dents, mais c'était une belle bête dévouée.

— Sûr que quand il était le nez au portail, ça impressionnait les curieux.

— Et avec les enfants, mon Dieu, ce qu'il était doux !

Nous avons fait quelques pas en silence. Le vent miaulait à l'angle d'une petite cabane tout près d'une roselière.

— Vous étiez tranquilles, mais ça n'empêchait pas Monsieur de descendre une ou deux fois pour voir si tout se passait bien à la maison.

Elle a eu un petit sourire un peu triste pour répondre :

— Vous savez qu'il a toujours eu la bougeotte. Ici, c'était sans doute trop calme pour lui.

Elle s'est tournée face au lac, elle a tendu le bras vers l'autre rive et désigné un point légèrement en amont.

— Voyez-vous ce petit bois de sapins qui se trouve entre la rive et l'autre route ?

— Très bien, Madame.

— Eh bien, c'est une des plus belles frousses de ma vie. Figurez-vous qu'un jour, justement, où mon mari était parti pour assister à une vente aux enchères je ne sais où du côté de Colmar, les enfants me disent que ce n'est pas parce que leur père est absent qu'il faut se priver de pêche et de baignade. Je demande au propriétaire de l'hôtel s'il pense que le temps est vraiment accroché au beau fixe, il m'assure que oui. Me garantit le calme plat. C'était en 21. Je m'en souviens comme d'hier. Donc, notre Régis avait douze ans. Il ramait très bien. Et il était solide. On part vers les dix heures avec un panier pour midi. Et on remonte jusque plus haut que l'abbaye Sainte-Marie, presque au pont du chemin de fer. On pêche. Les enfants se baignent. Vous savez qu'ils nageaient tous les deux comme des poissons, et moi comme une brique. C'est bon, vers quatre heures nous prenons le chemin du retour. Nous étions juste à hauteur de ce bois quand d'un seul coup un vent terrible tombe de la montagne. Le ciel si beau se couvre en cinq minutes et la foudre se met à déchirer l'air de façon effrayante. La petite, collée contre moi à l'arrière de la barque et mon Régis qui ramait tant qu'il pouvait. Mais le vent nous prenait de travers. J'ai cru cent fois que nous allions chavirer. Mais mon petit n'a pas perdu la tête. Il se met dans le sens du vent et pique au plus court vers la rive. Nous avons abordé au bois. C'était une folie de rester sous les arbres qui attirent la foudre. J'ai entraîné les enfants au milieu du pré et je les ai fait coucher à plat ventre dans l'herbe à côté de moi. Il en tombait, mon pauvre Augustin ! Jamais je n'avais vu ça. Quand ça s'est calmé un peu, Régis voulait qu'on reprenne la barque mais j'ai refusé. Nous sommes partis à pied jusqu'à l'hôtel Robe. Et là, j'ai téléphoné pour avoir un taxi. La barque, ils sont allés la chercher le lendemain. Mais je peux vous dire que dans tout ça, mon petit a montré bien plus de courage que moi. Et, une fois dans le taxi, il s'est mis à rire en me disant : « Ma pauvre maman, si tu te voyais avec ton chapeau de paille qui a l'air d'un vieux parapluie ! »

Un sanglot l'a arrêtée. J'avais entendu maintes fois raconter cette histoire. Mais, ce soir-là, j'en ai eu un moment le cœur tout retourné.

Nous avons quitté le rivage pour remonter en silence dans ce village qui semblait mort. C'est seulement en arrivant près de la route que nous avons croisé un troupeau de vaches conduit par une femme âgée qui a salué Madame et qui s'est retournée plusieurs fois pour la regarder. Mais je voyais bien que ma patronne était ailleurs. Enfermée dans un monde disparu. Moi aussi je pensais aux années de bonheur. Celles que Monsieur venait d'appeler « les années mortes ».

La guerre a passé sur tout ça. Elle est terminée et nous devrions de nouveau être heureux, mais des vides ont été creusés que rien jamais ne comblera.

Je pensais aussi qu'avant de nous rendre sur la tombe du lieutenant, nous allions passer par Verdun où j'ai tant souffert et tant vu mourir de mes camarades. Je me demandais pour quelle raison, après ces quatre années d'égorgements effroyables, j'avais eu, me semblait-il, moins de mal à retrouver la joie. C'est sans doute que j'étais jeune. Et puis, peut-être que la disparition de tous ces soldats était moins cruelle pour moi que celle d'un seul être que j'avais connu enfant et beaucoup aimé. Sans doute aussi la joie d'en être sorti vivant alors que j'avais tant de fois cru ma dernière heure arrivée m'aidait-elle à mieux vivre.

Ce soir-là, en marchant lentement à côté de Madame, après plus de trente ans et une autre guerre, pour la première fois — et peut-être à cause de ce voyage entrepris —, revoyant le trou immonde, souillé d'urine, d'excréments et de vomissures où j'étais avec mes copains tout près de la batterie de l'hôpital, oui, sans doute pour la première fois, j'ai éprouvé très nettement que la mort des autres peut parfois soulager.

Je sais que c'est là une horrible pensée, mais il est pourtant vrai que l'on finit par se dire : mieux vaut que ce soit lui. Si un sur dix doit survivre, j'aimerais que ce soit moi et l'agonie du copain me donne une petite part de chance d'y parvenir. Nous placions chaque corps à l'entrée de notre trou à rats. Leur empilement nous protégeait. On entendait les éclats s'y enfoncer avec un bruit mou que je n'ai jamais pu oublier. Nos morts empêchaient la mort de venir jusqu'à nous.

Lorsque nous avons regagné l'hôtel, la propriétaire était sur le pas de la porte. Madame lui a demandé quel temps on pouvait espérer. Elle a fait un geste en direction du couchant. De gros nuages noirs et lourds avançaient assez vite. Des lueurs de sang et d'or filtraient çà et là.

— Cette nuit, nous aurons de la pluie. Espérons seulement que ce ne sera pas déjà de la neige.

— Et demain ? a demandé Madame.

— Ma foi, j'ai peur que vous n'ayez pas le grand beau temps qu'on voudrait vous souhaiter pour la route.

Madame a soupiré d'une voix éteinte :

— Mon mari et moi nous ne descendrons pas

dîner, mais Augustin, oui. A nous, vous nous ferez monter du bouillon.

Elle regardait ce hall qui ne devait pas lui rappeler beaucoup de souvenirs puisqu'il avait été entièrement refait. Sans doute devait-elle espérer que, soudain, allait apparaître son petit garçon et qu'il se jetterait contre elle. C'est en tout cas ce que je pensais. Ce que je ne pouvais pas m'empêcher d'imaginer.

15

Ce soir-là, j'ai dîné seul au restaurant de l'hôtel. Il n'y avait que deux autres convives. J'étais près de la cheminée où un grand feu flambait derrière une grille. Je pensais à mes patrons devant une assiette de potage, dans leur chambre. Comme je n'avais guère mangé à midi, j'avais assez faim, mais un peu honte de manger beaucoup en des moments de tristesse. J'ai demandé au maître d'hôtel de me servir seulement une soupe. Il a eu un geste comme pour s'excuser. J'ai pensé un instant qu'il allait m'annoncer qu'il n'y en avait plus, mais il a déclaré :

— Un potage, monsieur, bien entendu, mais pour le reste, Mme Martinon a composé votre menu. J'ai ordre de vous le servir.

Il avait un sourire très satisfait.

J'ai souri aussi, pour ne pas le désobliger. Il m'a alors apporté une bouteille de très bon bordeaux. Et je me suis senti ému que Madame connaisse si bien mes goûts.

Après le potage, j'ai mangé du brochet du lac en gelée avec de la mayonnaise, puis du ris de veau aux morilles, du fromage et de la tarte aux pommes.

Le vin aidant, je me sentais moins déprimé, mais je ne cessais guère de penser à ce petit Régis que j'essayais d'imaginer ici, à l'époque où il commençait d'être un homme. Je le voyais sur le lac ou en train de nager. Puis je le revoyais jeune homme lorsqu'il emmenait mon propre fils se baigner dans le Rhône. Et je me suis souvenu d'avoir un jour entendu Madame lui dire :

— Fais bien attention, Régis, s'il arrivait malheur à cet enfant, mon Dieu, ce serait terrible !

16

Durant la nuit, je me suis réveillé au moins quatre ou cinq fois. C'était le déluge. Dans une chambre minuscule tout au bout du couloir, j'entendais l'eau contre les vitres, dans les chéneaux et même sur la toiture. Un crépitement et un ruissellement constants. Un vent violent faisait vibrer la petite fenêtre et miaulait à un angle avec des bruits de métal.

Dès que le jour a commencé de poindre, je me suis levé. L'averse était si serrée qu'on ne voyait plus le lac. A la pluie se mêlaient d'énormes flocons d'une neige très lourde. Elle ne tenait ni sur l'allée ni sur la chaussée, mais la pelouse commençait à blanchir par places.

Des camions et des voitures passaient en soulevant des gerbes d'eau.

Madame m'avait dit qu'elle m'appellerait si elle avait besoin de moi. Je me suis donc préparé, et j'ai attendu, assis sur le bord de mon lit, en regardant cette fenêtre où ruisselaient les gouttes. Des flocons s'y plaquaient qui fondaient en glissant, bousculés par l'eau.

Quand le téléphone a sonné, j'ai tout de suite répondu et j'ai été heureux de reconnaître la voix de Monsieur. Elle était presque enjouée.

— Alors, mon petit Laubier, on fait la grasse matinée !

— J'arrive, Monsieur. J'arrive !

— J'espère bien !

J'ai bondi sur ma valise bouclée depuis un moment, et filé vers leur chambre dont la porte était ouverte. Tout à fait prêt, le patron se tenait debout devant la fenêtre. Je l'ai salué en lui demandant s'il se sentait mieux. Il s'est mis à rire.

— Ça n'a jamais été aussi bien, mon petit. Je rentre de faire le tour du lac en barque !

Madame est sortie de la salle de bains :

— Nous allons t'aider à descendre.

— Je suis assez grand tout seul.

— Si tu recommences à dire non et à nous envoyer promener, c'est que tu dois vraiment aller très bien !

— Tu sais, hier, ce n'est pas du tout la route qui m'a fatigué, c'est le repas de midi. A la maison, tu t'obstines à me faire manger des bricoles de rien du tout sans graisse, sans goût, naturellement, mon estomac a perdu l'habitude.

— Bien entendu, c'est ma faute. Mais durant les années que nous venons de traverser, il y a beaucoup de gens dont l'estomac a perdu l'habitude de la bonne cuisine.

Il a pris sa canne. Comme je voulais sortir les bagages, Madame m'a arrêté.

— Prenez juste la cape de Monsieur. Et passez devant lui. S'il tombe dans l'escalier, vous le retiendrez.

Déjà dans le couloir, il riait en disant :

— Agréable perspective, Laubier ! Allez, en avant ! Et n'ayez crainte, je suis solide.

Durant quelques instants, j'ai vraiment éprouvé le sentiment que nous nous retrouvions dix ans plus jeunes. Exactement comme au temps où il m'arrivait de partir seul avec mon patron pour des voyages de quelques jours. En dépit de ses petits coups de colère, nos déplacements prenaient toujours pour moi un air de fête. Car Monsieur, avant ce deuil qui devait faire de lui un autre homme, était une personne toujours prête à plaisanter et à rire. Il répétait souvent que la vie l'avait comblé. Tout lui était source de joie. Et il ajoutait parfois :

— J'ai la baraka, Laubier. Et vous verrez, c'est contagieux. A vivre avec moi, vous l'aurez aussi !

J'ai même très précis en mémoire l'instant où il me l'a dit pour la première fois. Je l'avais conduit à Lyon où il avait plusieurs courses à faire. Nous passons rue de la Charité où il voit des gens qui entraient assez nombreux dans une maison. Sur la porte du couloir, il y avait une affiche.

— Arrêtez-vous. Je veux voir ce qui se passe ici.

Il descend, va voir l'affiche et revient tout de suite pour me dire :

— Garez-vous par là et attendez dans la voiture. C'est une vente aux enchères. Je ne serai pas long.

Il disparaît. Je ne crois pas exagérer en disant qu'il est resté absent moins d'une demi-heure. Il revient avec un tableau sous le bras. On aurait juré voir un prospecteur tombant sur une mine d'or toute creusée. Il me dit de foncer chez son encadreur qui se trouvait pas très loin, dans la rue Du-Plat.

Je revois ce vieil homme calme, aux gestes mesurés chez qui débarque mon patron brandissant son tableau qui n'était pas très grand. Il le colle sous le nez du vieil homme à blouse blanche et à lorgnon de fer.

— D'après vous, père Vuillamet, qu'est-ce que c'est que ça ?

L'homme veut prendre le tableau mais le patron dit :

— Non. Ne touchez pas, regardez.

L'encadreur examine, passe doucement un

chiffon et relève la tête en laissant tomber son lorgnon :

— Eh bien, monsieur Martinon, ce serait un Ravier que ça ne m'étonnerait pas. Il faut le désencadrer pour voir s'il ne serait pas signé sous la feuillure du cadre.

Alors, le patron retourne le tableau, le pose sur l'établi et, d'un geste nerveux, il arrache un papier collé au dos et déjà déchiré. Par le trou, il avait vu que le bois était peint sur les deux faces.

L'encadreur n'en revenait pas. Il bégayait :

— Mais il y en a deux. Il y en a deux !

Il sort le tableau du cadre et il crie :

— Et signés, je m'en doutais ! Mais où avez-vous trouvé ça ?

— A deux pas d'ici.

Et il raconte la vente. Ce tableau crasseux qu'on annonçait comme étant de l'école lyonnaise. Lui avait tout de suite flairé la bonne affaire. Je ne me souviens plus combien il l'avait payé, mais j'entends encore le vieil homme lui dire :

— Ça ne fait même pas le prix du cadre !

— Est-ce que vous vous sentez capable de me scier ce bois par le milieu ?

— C'est délicat, monsieur Martinon, mais j'y arriverai. Soyez tranquille, vous aurez vos deux Ravier.

— Vous me faites le même cadre pour le deuxième ?

— Exactement.

C'est en sortant de cet atelier qu'il m'a demandé :

— Laubier, est-ce que vous estimez que vous êtes bien payé, chez moi ?

— Mais oui, Monsieur.

— Eh bien, mon petit, il vous faudrait plus de trois ans de salaire pour me racheter ces deux tableaux.

J'ai dit en riant :

— Et pourtant, Monsieur, je n'en donnerais pas dix francs !

C'est là qu'il m'a affirmé pour la première fois qu'il allait me communiquer sa baraka.

Je revivais ces moments-là en descendant le mauvais escalier de cet hôtel. Il m'a paru un instant que quelque chose allait se passer qui, soudain, nous ferait remonter le temps. Cet hôtel tout neuf allait redevenir ce qu'il était avant le passage des armées d'invasion. Le déluge qui noyait le pays allait s'éclairer. Un gros soleil d'été sécherait tout ça en quelques minutes et nous verrions le petit Régis et sa sœur Claudine descendre en courant vers le lac. Un instant, j'ai vraiment entendu leur rire, le bruit de la chaîne sur les planches du ponton, les rames plongeant dans l'eau.

Quand il m'arrive de revivre ainsi des heures de notre passé, il y a toujours en moi des choses étranges. Je bute contre du noir. Je ne peux pas comprendre ce qui se passe exactement et je finis invariablement par me dire que nous ne devrions jamais vieillir. Que personne ne devrait mourir.

C'est sans doute que je ne suis ni assez intelligent ni assez instruit pour comprendre tout ça.

17

Nous avons pris un petit déjeuner très copieux et agréable. Monsieur semblait en forme et fort heureux de ce feu qui pétillait tout près de nous, dans la grande cheminée.

Et puis, nous sommes partis sous le déluge. Les phares des voitures que nous croisions surgissaient d'un brouillard fait de pluie, de neige et d'éclaboussures. Le patron ne criait pas pour m'inciter à doubler et à rouler plus vite. Il avait repris sa place à ma gauche. La carte sur ses genoux, je le sentais déjà crispé. Il ne cessait de me répéter :

— Attention ! Ralentissez ! Ne doublez pas. Moins vite, nous allons déraper.

A mesure que nous descendions vers Besançon, la neige mêlée à la pluie se faisait plus rare et la visibilité devenait meilleure. Au bout d'un moment, Monsieur m'a prévenu :

— Il va falloir s'arrêter. Je n'aurais pas dû boire ces deux grands bols de thé.

Madame est intervenue :

— Avec un temps pareil, on ne peut pas s'arrêter dans un bois. Il faut trouver un café.

Pour parler, elle s'était avancée en se tenant au dossier des sièges avant. Monsieur a bondi :

— Bas les pattes ! Je t'ai répété mille fois qu'en tirant comme ça tu peux faire faire un faux mouvement au pilote et nous foutre au fossé !

A ce moment-là, j'ai compris que ça allait beaucoup moins bien. Un regard rapide à ma gauche m'a permis de constater que Monsieur s'était déjà à demi affaissé sur son siège. Ses pommettes étaient rouges et la sueur perlait sur son visage. Nous venions tout juste de traverser Nods et roulions derrière un camion chargé très haut de troncs de sapin énormes. Ils étaient longs et les extrémités flexibles ployaient et dansaient de manière inquiétante en secouant un lampion rouge éteint. Le patron a grogné :

— On est au cul de cette saloperie pour un bon bout de temps. Ne roulez pas trop près. Avec ces imbéciles, on ne sait jamais, un de ces bouts de bois peut toujours tomber.

Madame qui guettait les panneaux a annoncé :

— Le prochain village est à dix kilomètres.

Le patron a attendu un moment. Je le sentais malade. Il a fini par grogner :

— Je ne tiendrai jamais... jamais... laissez-le

prendre de l'avance, Laubier, qu'on puisse y voir clair. Et vous vous enfilez dans le premier chemin que vous voyez.

Il pleuvait un peu moins fort, mais ce grumier soulevait d'énormes gerbes d'eau.

— Avec ce qui tombe, a dit Madame, ce serait mieux dans un café.

— M'en fous ! Je ne vais tout de même pas pisser dans mes braies pour te faire plaisir !

— Ça ne me ferait pas plaisir du tout.

Le rêve de retour aux beaux jours et de santé retrouvée était déjà terminé.

— Tenez, Laubier, voilà un autre bois. Ralentissez et enfilez-vous dans le premier sentier venu.

— Je ne voudrais pas m'embourber, Monsieur.

— Vous ne risquez rien, nom de Dieu ! Les engins de débardage y vont, ils sont plus lourds que nous. Un bon conducteur ne s'embourbe pas !

Il n'y avait pas à discuter. Je roulais presque au pas. Derrière moi, le chauffeur d'une camionnette klaxonnait. Monsieur devenu soudain grossier s'est mis à l'insulter. Ça devait vraiment aller très mal du côté de sa vessie. Soudain, il a fait un geste en me désignant une entrée de chemin forestier :

— Tenez ! Là ! Tournez ! Tournez !

Nous avons fait dix pas dans la boue et je me suis arrêté.

— Vous voyez ! C'est pas sorcier !

— J'espère que nous pourrons repartir.

— Bien entendu.

Déjà il ouvrait la portière quand Madame a ordonné :

— Ne bouge pas, on va t'aider.

Elle est sortie avec son parapluie et m'a rejoint près de la portière.

— Attention. Ça glisse. C'est de la boue.

Nous l'avons aidé à s'extraire de son siège et à s'éloigner de quelques pas. D'un ton sec, il nous a ordonné :

— Laissez-moi !

— Mais non, Monsieur. Je reste derrière vous. Je ne vous regarde pas. Je tiens le parapluie.

— Donnez-moi ce pépin et foutez-moi le camp vous mettre au sec. Je peux encore pisser tout seul, mille diables !

En revenant à la voiture, j'ai regardé le sol creusé d'ornières par les chars de débardage :

— J'espère que nous n'allons pas rester pris dans ce bourbier.

— Ne parlez pas de malheur, mon pauvre Augustin !

Sans se retourner, Monsieur hurlait :

— Rentre dans l'auto ! Ne te fais pas rincer pour rien. Laubier viendra m'aider.

J'étais en train d'ouvrir la portière lorsque nous avons entendu :

— Merde !

Et un grand floc.

Monsieur était sur le dos, de tout son long dans la boue. Il tenait toujours le parapluie qui avait une curieuse forme de grand oiseau noir. Le pauvre homme semblait s'y accrocher comme un naufragé à une épave. J'ai foncé en parvenant avec peine à me tenir en équilibre dans cette gadoue. Madame me suivait plus lentement en marchant sur l'herbe du talus. Elle est arrivée alors que j'essayais de relever Monsieur.

— Mais comment as-tu fait ton compte ? Tu aurais dû nous appeler.

Il semblait de nouveau très essoufflé. Nous venions de le remettre sur pied. Aussitôt, la colère l'a pris.

— Dans un merdier pareil, on n'a pas idée ! Je suis un imbécile... Juste en me retournant mon pied glisse. Je m'étale en plein où je venais de pisser... Ah ! me voilà propre !

— La saleté n'est rien. Tu ne t'es pas fait mal ?

— Bien sûr que non... Je sais tomber, moi. J'en ai pris des gamelles, à vélo !

— Tu avais vingt ans.

Nous sommes revenus tout doucement à la voiture. Nous étions trempés tous les trois.

Comme Madame voulait ramasser le parapluie, Monsieur s'est remis en colère.

— Qu'est-ce que tu veux foutre de cette saloperie ? Tu vois bien qu'il est foutu.

C'était un peu comme si cette chute lui avait redonné toute sa vigueur. Arrivé près de la voiture il nous a lancé :

— Essayez au moins d'enlever le plus gros.

— Mais avec quoi ? Seigneur, dans quel état tu es !

— Va ouvrir la valise de toilette et prends mon chausse-pied. C'est malheureux, vous n'avez pas plus de jugeote que deux moineaux !

Madame est allée ouvrir la valise pendant que je tenais Monsieur à l'abri sous un autre parapluie. L'averse crépitait sur le toit de la voiture. Comme je le plaignais, Monsieur s'est mis à rire :

— La boue, vous en avez vu plus que ça !

Et, d'une petite voix chevrotante, il s'est mis à chanter :

— « *Le soir ils couchaient sur la dure, avec leur sac pour oreiller... Le régiment de Sambre et Meuse...* »

Madame est revenue avec un beau chausse-pied en corne à manche d'argent. Je l'ai pris et, tandis qu'elle tenait le parapluie, je me suis mis à racler le veston et le pantalon de Monsieur.

— Si encore tu avais eu ton manteau.

— Tu crois qu'il serait plus facile à nettoyer qu'une veste ?

Je sentais bien qu'après avoir tempêté, il souhaitait que cet accident tourne à la rigolade. Il avait souvent été comme ça avec moi au cours des années de bonheur. Et c'était seulement depuis la mort de son fils qu'il avait sombré dans le silence et une sorte d'immobilité qui me faisait dire parfois à ma femme que j'éprouvais l'impression qu'il était en train de s'enfoncer lentement dans la mort.

Sa veste nettoyée à peu près, Madame la lui a retirée et l'a enveloppée dans une grosse cape.

— Tu vas monter à l'arrière. Je pourrai mieux t'installer avec les deux couvertures.

— Elles vont être dégueulasses.

— Peu importe, on les nettoiera.

Il devait sentir le froid et la fatigue le pénétrer, car il a pris place à l'arrière sans rechigner, et il s'est laissé couvrir. Son chapeau boueux avait rejoint les valises dans le coffre. Il portait à présent une casquette. Il a tout de même trouvé la force de plaisanter :

— Ne me mène pas à l'hôtel avec ça sur la tête, j'ai l'air d'un voyou de barrière des années vingt.

Il nous a regardés, l'air affligé, en disant :

— Tous les deux, vous êtes plus trempés encore que moi. C'est vous qui allez prendre la crève.

A son tour, Madame a voulu plaisanter :

— Eh bien, fais au moins l'effort d'être guéri pour suivre notre enterrement !

J'ai regagné mon siège et Madame s'est assise à côté de moi en disant :

— Nous nous arrêterons dans le premier hôtel que nous verrons. Nous prendrons une chambre et nous pourrons tous nous changer. Ce ne sera pas du luxe.

Je venais de mettre en marche et, vraiment, ayant bien eu le temps de voir dans quoi reposaient les roues, je n'étais pas tranquille. J'ai passé la marche arrière et embrayé le plus lentement possible. La voiture ne bougeait pas d'un poil. Nous étions bien pris et Monsieur s'en est rendu compte tout de suite :

— Je m'en doutais, nous sommes coincés. Allons, Laubier, essayez d'avancer un peu, après, si vous revenez à côté de vos traces, ça devrait passer.

— Je redoute de m'enfoncer encore plus.

— Essayez tout de même en braquant très légèrement à gauche.

J'ai essayé. Je savais que c'était en pure perte. Il s'est mis à tempêter :

— Eh bien, nous voilà dans de beaux draps ! Ma pauvre Thérèse, si au moins tu savais conduire, je pousserais avec Laubier et nous sortirions. Mais tu n'as jamais voulu apprendre.

Madame a soupiré :

— Je me doutais bien que ça finirait par me retomber sur le nez.

— Non. Je sais que c'est ma faute. J'avais envie de pisser. J'aurais dû accepter de me pisser parmi, comme disent les Suisses. (Avec un petit rire aigre.) Et si on reste encore une heure ici, ça va me reprendre.

J'ai proposé d'aller arrêter une voiture pour avoir de l'aide, mais Monsieur s'est emporté de nouveau :

— Mon pauvre vieux, par un temps pareil, les gens vont vous envoyer vous faire foutre. Nous vivons une époque de barbares. L'égoïsme est roi !

Sa femme lui a demandé de ne pas s'épuiser en vaines colères. Il s'est calmé et il a semblé reprendre des forces.

— Laubier, vous allez couper des branches de sapin. Vous essayez de les engager sous les roues. Je vais prendre le volant. Je suis certain qu'une petite poussée devrait nous tirer de là... Quand je pense que j'ai failli faire la Croisière jaune, c'était bien autre chose !

Je descendais de voiture quand j'ai entendu Madame ricaner :

— Les croisades aussi, c'était autre chose, mais ils avaient des chevaux pour se sortir des bourbiers !

Nous avons aidé Monsieur à se dépêtrer de son cocon de couvertures et à descendre pour prendre place au poste de conduite. Madame a dit qu'elle allait m'aider à pousser et il a soupiré :

— Ma pauvre femme, tu es bien montée, avec un époux comme moi !

Une fois à ma place, il a vu qu'il salissait le siège et il a grogné :

— Heureusement que c'est du cuir, ça se lavera.

— Ne te fais pas de bile pour la voiture.

La pluie fouettée de vent était glaciale. Madame a éternué plusieurs fois.

Grimpé sur le talus, j'ai sorti mon gros Opinel et je me suis mis à couper des branches. Ce n'était pas tellement facile et ça l'était encore moins d'essayer de les enfiler sous les roues. Je me doutais bien que tout ce que je faisais serait inutile, et, moi aussi, je commençais à être couvert de boue.

Nous avons poussé de toutes nos forces, rien à faire. Monsieur qui s'énervait nous a crié :

— Allez pousser derrière, on va s'en sortir en avançant.

Nous avons obéi. Nous pataugions de plus en plus. Derrière, lorsque les roues folles se sont mises à tourner à toute vitesse, nous avons été aspergés de cette boue noire et gluante. Se redressant, Madame m'a regardé et elle est partie d'un grand éclat de rire.

18

Il ne restait plus qu'une solution : arrêter une voiture pour demander de l'aide. Nous avons, Madame et moi, encore un peu joué du chausse-pied sous le regard du patron que notre aspect avait beaucoup amusé, puis Madame a repris place dans la voiture tandis que je partais, sous son parapluie, adresser des signes aux voitures.

J'ai eu beaucoup de chance. La troisième s'est arrêtée. C'était une Nervastella modèle 35 bleue. Il y avait deux hommes à bord. Un gros dans la quarantaine et un plus mince qui devait avoir une vingtaine d'années. Comme il fallait s'y attendre, le plus âgé qui conduisait a refusé d'engager sa voiture dans ce chemin et il n'avait pas de corde pour nous tirer depuis la route. Il a proposé :

— En poussant à trois, on devrait vous sortir.

— On peut essayer.

Ils ont enfilé leurs imperméables. Ils avaient tous les deux de grosses casquettes à oreilles. Et nous y sommes allés. Les deux types rigolaient en voyant dans quel état nous étions. Le gros a demandé où nous allions et, ayant appris que nous descendions en direction de Besançon, il a dit :

— Dommage. Vous monteriez, moi je tiens l'Hôtel de France à Villers-le-Lac. Vous auriez pu vous changer chez moi. Et même casser la croûte. J'ai une spécialité de saucisses de Morteau...

Madame a tenu à descendre pour nous aider à pousser et l'homme lui a conseillé :

— Arrêtez-vous à Mamirolle. C'est ma sœur qui tient la boulangerie. Pouvez toujours vous changer au fournil, il y fait chaud. Puis y font café, vous boirez un coup de raide.

Le patron toujours au volant, nous nous sommes remis à pousser. Les deux hommes étaient des costauds, et qui ne craignaient pas de patauger. Nous avons réussi à sortir.

Madame voulait les payer mais ils ont foncé vers leur voiture arrêtée en face et le gros a crié :

— Quand vous passerez par chez nous... Bon voyage !

— Il y a encore du bon monde !

Monsieur n'a rien voulu savoir pour changer

de place. Il est resté au volant jusqu'à Mamirolle et je dois avouer qu'il n'avait pas beaucoup perdu de son adresse à conduire. Toujours la même souplesse des pieds et la même science du moteur. En l'observant, je ne pouvais m'empêcher de penser : « Cet homme a tellement la voiture dans le sang que le jour où il ne pourra plus marcher, il sera sans doute encore capable de conduire un bon bout ! »

A Mamirolle, nous avons pu nous arrêter juste devant ce café-boulangerie. La sœur du restaurateur de Villers-le-Lac lui ressemblait. Grosse et souriante, très aimable. Elle n'a pu retenir son rire en voyant entrer dans sa boutique des gens crottés de la tête aux pieds. Les fournées de pain étaient terminées, son mari parti en tournée, elle a observé :

— Sûr que c'est encore au fournil que vous serez le plus au chaud. Dans la chambre c'est glacial et la cuisine est pas bien grande. Mais j'ai de l'eau chaude et des bassines.

Seigneur ! Quel souvenir !

J'ai commencé par sortir les valises de la voiture. Je pense que jamais la boulangère n'avait vu des gens aussi encombrés de bagages. Elle n'en croyait pas ses yeux.

Le fournil était grand. Le four tout au fond, un gros étouffoir à braises, dégageait une bonne chaleur douce. Les claies, les rayons avec leurs rideaux en toile à sac, des piles de vanottes rondes et longues. Devant la fenêtre, un pétrin à bras et un tour avec sa vieille balance. Dans l'angle, le pétrin mécanique. Au plafond, les pelles à long manche. Le tout éclairé par une ampoule couverte de farine qui diffusait une curieuse clarté.

— C'est le grand luxe, a remarqué Monsieur dès après le départ de la boulangère.

— Je trouve ça fort bien, a répliqué Madame. Et ça sent bigrement bon.

Nous nous sommes occupés de Monsieur qu'il a fallu aider à se dévêtir. Il avait beau rouspéter et répéter que je n'avais pas à assister à pareil spectacle, Madame avait pris la direction des opérations et il n'était plus le maître. Il est vrai que, tout nu sur un sac à farine vide, il n'avait plus rien du grand sportif qu'il avait été. Il a dû voir mon regard et deviner ma pensée, car il a soupiré :

— Mon Dieu, ce qu'on devient, mon pauvre Laubier ! Si Buffalo me voyait !

— Ton ami Buffalo, il doit y avoir des années qu'il fume les mauves par la racine, a lancé Madame. Et lui aussi, il a dû vieillir.

— Il est mort en 17. Il avait un peu plus de soixante-dix ans mais je suis bien certain qu'il est resté en forme jusqu'au bout.

Tandis que Madame le lavait de la tête aux

pieds avec un gant de toilette prêté par la boulangère, j'étendais une serviette sur l'étouffoir à braises. Quand on l'a frictionné avec cette serviette très chaude, il s'est écrié :

— Nous devrions habiter une boulangerie. On est bien mieux ici que dans nos salles de bains où on claque des dents. Vous voyez, Laubier, on croit que le confort est pour les bourgeois ; c'est fini ! Il est chez les commerçants...

Madame l'a fait taire en lui montrant la porte. Il a tout de même ajouté :

— Quoi ? Je ne dis pas de mal. Si ces gens-là sont mieux outillés que nous, c'est qu'ils ont mieux su se débrouiller. Ce n'est pas les insulter que de le remarquer. Dans notre monde, seuls les imbéciles ont tort. Plus on est démerdard, mieux on se porte.

Une fois le patron vêtu de propre, j'ai fait un paquet de ses habits, et nous sommes sortis pour laisser la place à Madame. La boulangère nous a fait entrer dans la salle de café où trois paysans du coin buvaient des Pontar. L'odeur de cet apéritif à l'anis emplissait la pièce.

— Laubier, on s'envoie un Pontar bien tassé. Vous ne connaissez pas ? Moi j'ai découvert ça avant-guerre. C'est l'apéritif du pays. Ça et la gentiane.

Tant d'années passées à côté de lui m'avaient appris que rien n'était plus agréable à cet homme-là que de vous faire découvrir quelque chose. J'ai toujours pensé qu'il eût fait un excellent maître d'école. Il s'est mis à me parler de cet apéritif que je connaissais aussi bien que lui et à me raconter comment, avant-guerre, l'usine de Pontarlier ayant pris feu, des milliers de litres d'alcool s'étaient déversés dans le Doubs. Il me l'avait plusieurs fois raconté, précisant que c'était ainsi que l'on avait découvert que la Loue n'est qu'une résurgence du Doubs, puisque son eau, dès sa source, était devenue laiteuse et que les truites saoules se laissaient capturer à la main. Il en prenait à témoin les trois hommes qui se trouvaient là. L'un d'eux était du même âge que lui. Ils sont venus boire la tournée qu'il leur offrait. Lorsque Madame est apparue, elle aussi vêtue de neuf, nous en finissions avec Buffalo Bill et passions à l'épisode du guidon réversible LM. Les paysans étaient éberlués. Je les ai abandonnés pour aller, à mon tour, me laver et me changer dans le fournil.

A mon retour, vers midi et demi, deux des clients étaient partis, mais le conscrit de mon patron demeurait toujours là. Le couvert était dressé et j'ai remarqué qu'il y avait quatre assiettes sur la table de marbre.

L'énorme omelette au lard et aux pommes de terre que la boulangère nous a servie était un délice. Du jambon, du fromage de Comté et un arbois, Monsieur semblait avoir retrouvé ses vingt ans. Il mangeait avec grand appétit, ce qui ne l'empêchait pas de continuer, pour le paysan muet, le récit de sa vie.

19

Il était deux heures de relevée quand nous avons quitté la boulangère et son client qui n'en revenait toujours pas. Le boulanger était arrivé entre-temps et aurait voulu nous retenir, mais il nous restait pratiquement trois cents kilomètres à parcourir et, en automne, la nuit tombe tôt. Heureusement, la pluie avait cessé, mais le ciel demeurait bas et sombre. L'averse pouvait reprendre d'un moment à l'autre.

Monsieur, que l'arbois avait mis en verve, voulait conduire.

— J'ai conduit ce matin et je suis en pleine forme. Nous gagnerons du temps.

Je n'avais jamais entendu à Madame une voix aussi tranchante. Elle a ouvert la portière arrière en ordonnant :

— Non seulement tu ne conduis pas, mais tu montes derrière. Sinon, vous me posez à la gare de Besançon et je rentre à la maison.

— Sacrebleu, entendre ça...

— Tu montes derrière et tu dormiras.

J'avais chargé les valises et le linge sale en un gros paquet tenu par de la ficelle que nous avait fournie la boulangère. Madame a obligé son mari à s'installer à l'arrière, enfoui sous les couvertures que j'avais fait sécher au fournil.

— Allez, Augustin, en piste. Et c'est moi qui fais la route.

Pendant un moment, sans doute pour nous punir, Monsieur s'est désintéressé complètement de ce qui se passait. Il s'était mis à fredonner je ne sais plus quelle rengaine de sa petite voix de fausset qu'on s'attendait à entendre se briser à chaque note. Soudain, nous ne l'avons plus entendu. Affaissé dans un angle, la tête enfoncée dans le coussin que sa femme avait placé sur le haut du dossier, bouche ouverte, il dormait. Madame a murmuré :

— Je n'en espérais pas tant.

Elle a déplié la carte. Sans parler trop fort, elle m'a donné l'itinéraire le plus direct.

— De toute manière, sa Voie sacrée, on ne peut pas y arriver avant la nuit. Il ne verra rien. Alors on file tout droit par Contrexéville, Neufchâteau et Commercy. Je viens de calculer que nous gagnons presque cinquante kilomètres et nous évitons des traversées de villes bien pénibles.

Je n'avais pas roulé souvent avec Madame comme copilote, mais je garde de cette route un très bon souvenir. Tout au moins jusqu'au moment où nous avons été tirés de notre tranquillité par les hoquets de Monsieur et ses cris :

— Arrêtez... Arrêtez... Je suis malade...

Par chance, nous roulions sur une ligne droite, et une portion de route assez large. Je me suis arrêté et j'ai bondi pour ouvrir la portière. Avant même de pouvoir descendre, le patron s'était vidé. Madame l'a essuyé avec beaucoup de gentillesse. Il était livide. Il tremblait. Il a bredouillé :

— Faut que je sorte.

J'ai avancé la voiture de deux mètres et il a pu descendre et se soulager. En remontant, il a demandé où nous étions. Madame qui espérait qu'il allait se rendormir a prétendu qu'elle ne le savait pas exactement.

— Et vous, Laubier, j'espère que vous le savez !

On le sentait faible, mais avec tout de même assez de ressort pour se fâcher. J'ai bredouillé que je ne me souvenais plus du nom du dernier village traversé et il m'a lancé :

— Un chauffeur qui ne sait pas où il se trouve est un mauvais chauffeur.

Peu après, il a lu un panneau indicateur et compris que nous l'avions berné. Il est alors entré dans une grande furie. Je renonce à rapporter ses termes. Cet homme si bien éduqué pouvait devenir d'une épouvantable grossièreté dans la colère. Il a conclu :

— Eh bien, nous ferons le trajet demain. C'est tout ce que vous avez gagné, à vous foutre de moi.

Il y a eu un moment de silence. Puis, comme Madame était obligée de me donner une indication, il a compris à sa voix qu'elle s'était mise à pleurer. Il s'est soulevé sur la banquette. Sa longue main maigre s'est posée sur le cou de sa femme. De sa petite voix d'enfant triste, il a soufflé :

— Ne pleure pas, ma chérie... je te demande pardon... Je suis un grossier personnage... Je te demande pardon.

Il a laissé passer un temps. La main de Madame s'était posée sur la sienne. J'ai compris sans vraiment regarder qu'elle lui embrassait les doigts. D'une voix que l'émotion étranglait, il a murmuré :

— Tu sais bien que je t'aime.

20

Le patron avait dû choisir cet hôtel en raison de son nom, « La Roseraie ». Sans doute aussi parce qu'il était parmi les plus luxueux. Il se trouvait dans une rue en pente. Comme la pluie s'était remise à tomber, l'eau donnait à la chaussée l'aspect d'un torrent. Un portier s'est précipité avec un immense parapluie. Il m'a aidé à faire descendre Monsieur qui était de nouveau très essoufflé et couvert de sueur. Lorsque le concierge de l'hôtel l'a vu, il a tout de suite proposé d'appeler un médecin. Monsieur a refusé et, comme cet homme insistait, il lui a hurlé :

— Donnez-nous nos chambres et foutez-moi la paix !

J'ai vu dans un miroir la mimique de Madame pour demander au concierge de ne pas prêter attention à cet éclat. Comme nous allions monter, Monsieur s'est retourné :

— Excusez-moi, mais je suis à bout de fatigue

et je n'ai pas besoin d'un docteur pour le savoir... Est-ce que les fleurs ont été commandées ?

L'homme s'était approché. Très courtois, il semblait ne pas savoir quoi faire pour nous être agréable.

— Mais bien sûr, monsieur. Le fleuriste livrera douze douzaines de roses rouges demain à neuf heures et autant à quatorze heures.

Nous nous sommes regardés, Madame et moi, et Monsieur a dû lire dans nos yeux notre étonnement.

— Ne vous faites pas de souci, ça n'est pas pour mon enterrement... pas encore.

L'escalier était très large et peu pénible. En deux étapes nous sommes arrivés au premier étage où était la chambre réservée à mes patrons. Elle était vaste et m'a paru extrêmement luxueuse. Il y avait trois miroirs qui ont fait dire à Monsieur :

— C'est la galerie des Glaces. A mon âge, nul besoin de se voir souvent pour se souvenir qu'on est moche !

— Est-ce que tu descendras dîner ?

— Quelle heure est-il ?

— Sept heures passées.

Le personnel de l'hôtel venait de monter les valises. Comme j'attendais des ordres, Monsieur s'est tourné vers moi :

— Mon pauvre petit, je vous en fais voir.

Allons, il ne vous reste plus qu'à rentrer la voiture. Nous nous retrouvons à la salle à manger dans une demi-heure.

Une fois encore j'ai été étonné par la facilité avec laquelle il parvenait à récupérer ses forces et son entrain. Il me semble qu'à sa place, après pareille journée, je me serais couché bien au chaud.

Quand j'ai rentré la voiture, je me suis réjoui qu'il ne soit pas avec moi. En effet, pour accéder au garage de cet hôtel, on devait passer dans un caniveau, puis franchir une sorte de dos-d'âne très brutal et plus haut qu'une bordure de trottoir. C'était le genre de chose qui avait le pouvoir de le mettre en rogne. Il en fallait moins que ça pour qu'il aille insulter le directeur d'un hôtel de grand luxe. Comme j'en faisais l'observation au jeune portier venu m'ouvrir, il m'a expliqué :

— C'est provisoire. Faut que je mette des planches. J'ai oublié.

Mais il ne s'en est pas excusé. La politesse et la conscience dans le travail se perdent.

21

Alors que nous étions attablés devant un très bon repas, Monsieur m'a demandé quelle impression j'éprouvais de me retrouver à Verdun. Je n'ai pu que répondre :

— A part le fait qu'il pleut et qu'il pleuvait déjà pas mal quand nous y étions sous les obus, je ne retrouve aucune impression. Je n'ai encore rien vu qui me rappelle quoi que ce soit du passé. Et puis, devant ce poulet aux champignons, vous savez, je ne pense guère à la soupe froide et pleine de terre qui nous arrivait de temps en temps.

Il a hoché la tête :

— Bien sûr !

Un long moment a passé. Il y avait peu de monde dans ce restaurant dont la salle à manger douillette n'était d'ailleurs pas grande. Après, Monsieur nous a annoncé :

— Demain matin, nous irons porter des roses à l'ossuaire de Douaumont.

Il s'est tu, comme interrompu par une voix que nous ne pouvions percevoir. Il m'a regardé. J'ai cru un instant qu'il allait se mettre à pleurer. Sa femme a posé sa main sur la sienne. Elle a murmuré :

— Allons, voyons.

Il s'est repris, nous a regardés tous les deux avec un sourire plein de tristesse. Hochant lentement la tête, il a dit :

— Je m'étais toujours promis d'y venir. Et puis, 39 est arrivé.

Encore un silence puis, dans un souffle :

— Je leur dois bien ça.

22

Nous sommes montés dans nos chambres très tôt. La mienne était minuscule. Elle se trouvait au deuxième étage et ne portait pas de numéro. En me donnant la clef, le concierge avait eu un regard vers la montée :

— Vous ne pouvez pas vous tromper : la porte est en face de l'escalier. Il y a un lavabo. Si vous voulez prendre une douche, c'est tout au fond du couloir à gauche.

Je me suis couché tout de suite. J'avais regardé par la lucarne qui donnait sur la rue. En face, c'était un autre toit. L'eau y ruisselait. Des reflets venus de la rue vibraient sur de vieilles tuiles. Les vitres d'un chien-assis reflétaient les lueurs d'une enseigne lumineuse rouge.

Une fois dans mon lit, j'ai éteint la lampe et je me suis mis à écouter la pluie en me disant que sa chanson allait m'endormir très vite. J'étais fatigué, mais le sommeil ne voulait pas venir. J'ai commencé par revivre notre journée avec ses alternances de joie, de colère et de mauvais moments, mais très vite, ce sont d'autres souvenirs qui se sont mis à remonter du fin fond de ma mémoire.

Durant des années, après l'armistice et ma démobilisation, ces images m'avaient empêché de dormir. Peu à peu, sans jamais rien perdre de leur netteté, elles s'étaient éloignées. Elles étaient devenues un peu comme des photographies qu'on a trop souvent contemplées, je les regardais très vite et le carton à chaussures se refermait tout seul.

Ce jour-là, en arrivant dans cette ville, je n'avais rien reconnu. Mais, une fois seul dans cette chambre minuscule avec la musique de la pluie, tout est revenu. J'ai presque retrouvé ma peur.

Car j'ai eu peur durant quatre ans. Et on a beau raconter tout ce qu'on veut, écrire des livres où l'on reprend le cocorico des généraux dans leurs ordres du jour, je n'ai pas le souvenir d'un seul soldat qui n'ait pas eu peur. Ou alors, c'était un fou.

Au 230, il n'y avait pas beaucoup de jeunes de mon âge. Nous étions avec des gars dans la trentaine qu'on appelait des pépères. Bon nombre avaient des gosses. Ça en a fait, des orphelins !

Presque tous venaient, comme moi, de Savoie, ou du Bugey. Des paysans qui parlaient peu mais savaient manier une pelle et une pioche. A certains moments, c'était plus précieux que de savoir tenir un fusil ou lancer une grenade. Notre régiment faisait partie de la division Lardemelle. Notre chef était un lieutenant-colonel. Un nommé Viotte. Petit homme maigre et bouillant. Je ne sais pas d'où il venait, mais il disait toujours qu'il aimait bien les montagnards. Moi, je suis né à Saint-Genix-sur-Guiers, deux cent trente-huit mètres d'altitude, on ne peut pas appeler ça la montagne. Enfin !

Cette nuit, je l'ai revu comme s'il venait d'entrer dans cette mansarde. Lui et bien d'autres, à commencer par le sous-lieutenant Rey qui voulait à tout prix nous faire enlever à la baïonnette les fortins d'où les Boches nous arrosaient de grenades. Je ne sais plus combien de copains y sont restés.

On était partis dans le brouillard. Sans voir à dix mètres. Une chance, les autres ne nous voyaient pas non plus. La surprise avait joué en notre faveur. Seulement, la surprise, ça ne dure pas de l'aube à la nuit. Et le brouillard non plus.

C'était le 24 octobre 1916. Une date que je ne suis pas à la veille d'oublier. Il paraît que ça reste dans les annales. Une grande victoire. Oui, on a repris le fort Vaux et un peu de terrain tout autour. Je me demande si les savants qui écrivent des livres ont jamais calculé combien de pauvres bougres sont morts par mètre carré, sur cette terre-là.

Bon Dieu ! La boue de Verdun, je suis pas à la veille de l'oublier non plus. Même son odeur m'est restée dans le nez. Une espèce d'argile brune très collante. Pas du tout la même que la terre d'Artois ou celle de la Champagne où nous nous sommes pas mal vautrés aussi. Certains jours, nous en étions tellement recouverts qu'on avait du mal à se reconnaître. A force d'être brassée par les éclatements d'obus, il y a des endroits où elle moussait comme de la bière. Car c'est un pays de sources et nous couchions souvent dans la boue, même les jours les plus secs de l'été.

Oui, dans cet hôtel dont les salles étaient si luxueuses, tout m'cst revenu. Je voyais en même temps la table dressée, les garçons obséquieux, les plats succulents et les copains crevant la gueule ouverte dans la boue. Et je me répétais : « Tu es à Verdun... Tu es à Verdun... C'est le silence. Il pleut sur la ville endormie. Il n'y a pas d'obus mais tu es revenu à Verdun. »

Et j'ai fini par m'endormir, à force de me répéter ces mots.

A deux heures, j'ai été réveillé en sursaut par une série de détonations. J'ai bondi hors de ma couchette. Presque tout de suite j'ai reconnu la chambre. Je me suis retrouvé dans le présent, mais la lueur intermittente de l'enseigne lumineuse et la moto qui s'éloignait venaient de me jouer un mauvais tour.

Il n'y avait ni volets ni rideaux à cette fenêtre. La clarté rouge claquait comme des éclatements. Durant quelques secondes extrêmement pénibles, je m'étais cru de nouveau en pleine guerre.

Sentant le froid m'envelopper, je me suis recouché. J'étais à l'aise, dans ce petit lit. Le dos tourné à la lueur et les yeux fermés, j'écoutais cette musique monotone de la pluie. Elle est agréable quand on se trouve au sec et au chaud. Je me suis dit : « Si tu étais encore dans la boue, c'est que tu aurais à peine plus de vingt ans. »

J'ai rouvert les yeux. La lueur de l'enseigne se reflétait contre le mur tout proche comme jadis celle des obus sur les parois ruisselantes de nos trous.

Avant de me rendormir, durant un long moment, j'ai vu défiler en moi les visages de mes copains dont la dépouille mutilée est restée dans cette terre. Leurs noms aussi me revenaient.

Pourquoi eux ? Pourquoi pas moi ? Mille et mille fois depuis des années je m'étais posé cette question sans jamais découvrir de réponse.

23

Il n'y avait pas de téléphone dans cette chambre. Comme je ne voulais pas risquer de faire attendre mes patrons, je me suis levé très tôt et à sept heures j'étais en bas. Dès qu'il m'a vu, le concierge est venu vers moi. Ce n'était pas le même qu'à notre arrivée, mais un petit homme remuant avec une énorme moustache d'un autre âge. Il n'y avait personne en vue, il m'a pourtant entraîné dans un recoin pour me parler à voix basse comme s'il avait redouté d'être épié.

— Vous êtes bien le chauffeur de M. et Mme Martinon ?

— Oui.

— Madame est déjà descendue. Mais elle est remontée. Elle a demandé de ne pas téléphoner pour ne pas réveiller M. Martinon. Il ne va pas du tout. A cinq heures, j'ai dû appeler notre médecin... A présent, je crois qu'il dort. Mme Martinon a demandé que vous montiez et que vous entriez sans frapper et sans faire de bruit.

— Qu'est-ce qu'il a ?

Le petit homme s'est dressé comme si je lui avais pincé les fesses.

— Voyons, je n'ai pas posé la question ! Ce serait une indiscrétion !

Je suis monté, j'ai ouvert la porte avec précaution et je suis entré à pas de loup sur l'épais tapis. Une lame de parquet a craqué. Madame, qui se trouvait assise dans un fauteuil, sous une lampe, loin du lit, a posé le livre qu'elle tenait et s'est levée pour venir à moi. Elle a soufflé :

— Il dort. Venez !

J'ai à peine entrevu le visage de Monsieur enfoncé dans ses oreillers. Il m'a seulement paru très rouge.

Nous sommes sortis. Sur le palier, Madame a dit :

— Descendons prendre le petit déjeuner. Il faut qu'il se repose.

Dans la salle à manger, il n'y avait qu'un homme seul à une table. Un représentant. J'ai souri en pensant à Monsieur qui m'avait appris à les reconnaître au premier coup d'œil et qui les appelait des vreupes. Ce qui, selon lui, voulait dire voyageur-représentant-placier. Nous avons choisi une table éloignée de la sienne et, aussitôt notre commande donnée, Madame m'a raconté qu'elle avait été réveillée à quatre heures par Monsieur qui étouffait.

— J'ai vraiment cru qu'il allait passer.

— Vous auriez dû m'appeler, Madame.

— J'y ai pensé, mais il n'y a pas de téléphone dans votre chambre. Et, mon pauvre Augustin, vous n'êtes pas plus médecin que moi. Le concierge en a appelé un qui est venu assez vite. Un curieux personnage mais qui doit connaître son affaire. Il a fait une injection. Et là, mon pauvre Augustin...

Elle hésitait. Elle semblait vraiment bouleversée. Le garçon a apporté ce que nous avions commandé. Elle a attendu qu'il reparte avec son plateau vide pour continuer :

— Mon pauvre ami, il vaut mieux que je vous le dise.

J'étais terriblement gêné. J'avais envie de lui crier que je savais tout, mais je n'osais pas. Ce n'était pas possible.

Elle a fait un effort énorme pour museler un sanglot puis elle a dit tout bas :

— Mon mari est perdu.

Je crois que j'ai assez bien joué la surprise. Alors, elle m'a expliqué qu'au moment où ce médecin inconnu avait parlé de lui faire une piqûre, il avait exigé qu'elle s'en aille. Elle avait peine à me confier ça, et moi, j'avais mal d'être obligé de la laisser parler :

— Au lieu de sortir, je suis allée dans la salle de bains et j'ai laissé la porte entrebâillée. Et je l'ai entendu dire au médecin : « Ne me faites pas n'importe quoi, je suis atteint de la maladie de Bright, ou Birth, quelque chose comme ça. Je sais que je suis foutu, mais je ne voudrais pas crever ici. » Oui, Augustin, il a dit ça !

— Mais Madame... mais Madame...

Je ne savais plus quoi faire. Je restais là, avec mon bol de café au lait qui refroidissait. Elle, elle a été obligée de reposer sa tasse de thé tant sa main s'était mise à trembler. Des larmes coulaient sur ses joues ridées. Je les revois, ces larmes. L'une s'est arrêtée un instant à cette excroissance qu'elle a en bas de la joue gauche.

Elle s'est reprise pour poursuivre :

— Quand j'ai dû payer ce médecin, j'ai prétexté que je n'avais pas de monnaie pour descendre avec lui. Bien entendu, il était ennuyé. Il nc m'a pas dit grand-chose, si ce n'est que cc mal de Bright est très grave.

Son chagrin s'est soudain métamorphosé en colère. Elle s'est durcie brusquement pour lancer :

— Mais je vais voir Rivaudin. Il est inadmissible qu'il ne m'ait rien dit. Ça fait assez longtemps que nous nous connaissons. Celui-là, il va m'entendre !

Elle allait sans doute en dire un peu plus,

mais le maître d'hôtel est arrivé pour nous annoncer :

— M. Martinon vient d'appeler. Il dit que vous ne vous dérangiez pas, Madame, mais que M. Laubier monte dès qu'il aura terminé son déjeuner.

J'ai fait mine de me lever. Madame a remercié le maître d'hôtel et m'a pris par le poignet.

— Finissez votre café, Augustin. Vous n'avez rien mangé. S'il a appelé et s'il commence à donner des ordres, c'est qu'il va mieux. Ce qu'il a eu cette nuit n'a rien à voir avec sa maladie. Il a trop mangé et il a pris froid sur sa digestion. C'est tout. Le médecin l'a piqué pour soutenir le cœur... Il peut attendre deux minutes.

Dans son attitude, j'ai cru deviner qu'elle était profondément blessée que son mari lui ait caché son mal. Je crois que si elle avait appris que j'étais au courant, ça aurait été bien pire. J'ai mangé rapidement une tranche de pain avec du beurre, j'ai vidé mon bol et je me suis levé en demandant :

— Est-ce que je dois monter seul, Madame, ou voulez-vous que je vous attende ?

Elle finissait de boire lentement son thé. D'un air légèrement pincé que je lui avais rarement vu, elle m'a ordonné :

— Montez, Augustin, c'est vous que le patron

demande, ce n'est pas moi. S'il veut me voir, il le dira.

Je suis parti, très ennuyé. Pour qu'elle l'appelle « le patron », c'est qu'elle était vraiment fâchée.

24

En arrivant dans la chambre, j'y ai trouvé une femme de ménage en train d'ouvrir les persiennes des deux grandes fenêtres. Comme elle refermait les rideaux, le patron lui a ordonné de les laisser ouverts. Puis il a ajouté qu'elle pouvait disposer. La femme est sortie. Monsieur avait allumé sa lampe de chevet dont la clarté était plus vive encore que celle du jour glauque qui venait de dehors. Il bruinait un peu et un brouillard assez épais semblait noyer la ville. Le patron a eu un geste rapide en direction de la fenêtre :

— Il ne doit pas faire bien chaud.

— Je ne suis pas sorti, Monsieur, mais je pense qu'il doit même faire assez froid.

— Etant donné mon état, inutile que j'essaie d'aller avec vous. Je me ferais secouer.

— Comment vous sentez-vous, Monsieur ?

— Pas assez en forme pour m'engager pour les Six Jours, mais une journée de repos et je devrais pouvoir me lever. Alors, ce matin, vous allez vous rendre seul à l'ossuaire pour déposer les fleurs.

Son visage a ébauché une drôle de grimace. J'ai tout d'abord cru qu'il voulait sourire, mais ce n'était qu'une sorte de rictus assez douloureux. Son regard s'est tourné vers la fenêtre, puis il est revenu sur moi.

— Voyez-vous, mon petit, je ne sais pas si le bon Dieu est pour quelque chose dans tout ça, mais il y a quelque part une force qui veut que je ne me rende pas où sont tous ces morts.

Sa voix est devenue plus faible pour ajouter :

— Vos copains.

Un moment a passé, j'aurais aimé parler mais aucun mot ne me venait. Et c'est lui qui a fini par reprendre :

— C'est sans doute aussi bien comme ça. Ils n'ont probablement pas envie de me voir.

— Oh, Monsieur !

J'éprouvais le sentiment d'être ridicule. Il m'a désigné un fauteuil qui tournait le dos à la fenêtre.

— Les fleurs ne sont pas encore là. Asseyez-vous un moment, mon petit.

J'ai tiré le fauteuil plus près du lit et je me suis assis. Il devait avoir encore un peu de fièvre car son visage était rouge. Il tenait un mouchoir et s'est essuyé le front.

— Vous irez, Laubier. Vous, ils seront contents

de vous revoir. Et je suis certain que vous serez mieux seul pour retrouver ces lieux où vous en avez tant bavé.

Seul ? Non, je ne risquais pas d'être seul. La preuve, c'est qu'ils étaient déjà tous là, dans cette grande chambre aux tapis si moelleux. Ils piétinaient avec leurs godillots boueux. Tous. Le petit Favre Robert, mon meilleur copain, avec un grand trou au ventre. Contarno Joseph, trente-quatre ans et deux gosses avec la gorge ouverte par un éclat et qui saignait comme une volaille. Le sergent Bertou qui me parlait toujours du pays, lui qui venait du Pont-de-Beauvoisin, Chaula René, jardinier à Chambéry, tous les deux écrasés par le même obus, Marnier Julien, le Grenoblois enterré vivant et mort dans une casemate sans qu'on ait pu le secourir. Tous, ils revenaient me chercher pour me conduire non pas où nous avions vécu tant de misère, mais là où l'on avait rassemblé leurs restes méconnaissables. Je le savais, ce n'était pas un soldat inconnu qu'il y avait là, mais des milliers et des milliers. Non pas des soldats, mais de pauvres débris d'ossements récupérés çà et là et rassemblés pour une ultime parade.

Et mes camarades morts, pour la première fois depuis que j'avais rencontré mon patron, s'en venaient aussi nettement me trouver et troubler notre tête-à-tête.

Je n'avais encore rien vu, ni de cette ville ni des terres qui l'entourent, mais il avait suffi que j'y arrive pour qu'elle m'empoigne et me tire en arrière.

Monsieur était là, à un mètre de moi, et cependant beaucoup plus lointain que tous ces enterrés. J'avais passé plus de trente années de ma vie avec lui et seulement quelques mois avec ces soldats, pourtant, il me semblait soudain les connaître mieux. J'éprouvais la sensation de ne les avoir jamais vraiment quittés.

Et puis, tout à coup, j'ai ressenti une impression étrange. Un sentiment que je n'arrivais pas à définir. Un peu comme si mes camarades morts depuis si longtemps revenaient pour me reprocher d'être là, encore vivant, et au service de cet homme qui, peut-être, avait un peu vécu de leur douleur et de leur mort.

Cette sensation n'a duré que quelques secondes. Elle a passé sur moi pourtant. Et, même lorsque j'y pense aujourd'hui, je ne suis pas certain qu'elle ne m'ait pas laissé une blessure.

25

C'est Madame qui est montée nous annoncer que les fleurs étaient en bas. Monsieur lui a demandé ce qu'elle avait fait. Elle avait lu le journal.

— Tu peux le lire près de moi. Et même me commenter les nouvelles.

— Je ne voudrais pas vous gêner.

Il a soupiré :

— Mon Dieu, comme si tu m'avais jamais dérangé !

Au lieu de répondre à cette remarque, elle a sorti son manteau de la penderie.

— Que fais-tu ?

— Je m'habille.

— Pour quoi faire ?

— Porter les fleurs.

— Je préférerais que tu restes près de moi.

— Nous ne serons pas longs. Je tiens à y aller.

Il a soulevé sa main droite qu'il a laissée retomber sur la couverture en murmurant :

— Je ne me sens pas assez solide pour vous accompagner.

— Il n'en est pas question.

Nous sommes descendus. L'énorme gerbe était dans le hall, près de la caisse. Un portier l'a empoignée et l'autre m'a dit :

— Je vais vous ouvrir le garage.

Madame est sortie dans la rue avec l'homme qui portait les roses. Dans le garage, j'ai pris la voiture et l'employé m'a rappelé le caniveau dont je me souvenais en me disant :

— Faites attention, c'est très mauvais. C'est provisoire à cause des travaux. J'ai mis des planches. Passez bien dessus.

Je me suis engagé en marche arrière sur ces deux passerelles étroites. Tout allait bien, mais, au moment où les roues avant étaient dessus, la planche de droite a cédé. J'ai senti le choc et très nettement perçu le craquement de métal. Une pièce de la suspension venait de se rompre.

Madame qui attendait sous le grand parapluie tenu par l'homme qui portait les roses a entendu aussi. Elle est accourue au moment où je descendais de voiture.

— Quelque chose est brisé ?

— J'en ai très peur, Madame.

— Eh bien, nous voilà propres !

Elle s'est tournée vers le portier pour lancer :

— Allez me chercher le concierge !

Le petit homme est arrivé, tête nue sous l'averse. Il était désolé. Il s'en est pris à celui qui m'avait conduit au garage mais Madame l'a tout de suite interrompu.

— Je ne vous ai pas appelé pour ça, mais pour savoir ce que vous proposez.

— Je vais tout de suite appeler un garagiste.

— Bien entendu, il n'y a pas de concessionnaire de cette marque ici ?

— Je vais voir. Nous allons faire l'impossible. Je suis vraiment navré, Madame.

Il y a eu un moment de grande confusion. J'ai rentré la voiture au garage puis regagné le hall où les roses étaient revenues.

Madame semblait plus calme, elle avait cet air volontaire et dominateur que je ne lui ai pas vu souvent mais qui lui va assez bien. Il fait d'elle une femme différente. On la jurerait plus grande d'au moins une tête. Elle est venue à moi.

— Augustin, un garçon de l'hôtel va vous conduire au monument où vous pourrez déposer les fleurs. Bien entendu, on ne dit rien à Monsieur pour le moment. Je vais voir ce qu'on peut faire. De toute manière, nous ne pourrons pas aller à Aulnois.

J'ai dit que j'étais désolé. Elle m'a rassuré en me répétant qu'elle savait que ce n'était pas ma faute. Si un hôtel pareil n'était pas en mesure d'acheter un mètre de planche solide, c'était un comble ! Elle a ajouté :

— Le directeur va arriver. On l'a prévenu.

Ce qui voulait dire : « Il va m'entendre ! »

J'ai répété que j'étais désolé aussi pour la visite à Aulnois. Son regard s'est embué soudain, tandis qu'elle disait à mi-voix :

— Moi aussi, Augustin. Et Monsieur va être furieux. Dans l'état où il est, ce ne serait pas raisonnable.

Le concierge était en train de téléphoner à un garagiste. Il a raccroché en annonçant :

— Je vais appeler à Reims, Madame. Nous prendrons les frais à notre charge.

— J'espère !

Alors qu'il appelait un nouveau numéro, le garçon qui m'avait ouvert le garage est venu me chercher. Il a pris les fleurs et m'a conduit à une camionnette Peugeot toute blanche qui portait en lettres rouges et jaunes le nom de l'hôtel. Nous sommes montés, il a mis en route et il m'a dit :

— Quelle histoire ! Je suis tranquille que ça va me retomber sur l'échine. Bien heureux si je paume pas ma place. Mais si j'avais demandé des planches neuves, le patron m'aurait envoyé aux prunes. C'est pas croyable ce qu'il est radin, celui-là !

26

Le garçon ne devait pas avoir beaucoup plus de dix-huit ans. Maigre et nerveux, il conduisait cette camionnette en véritable brute. J'avais remarqué qu'il regardait ma boutonnière. Ayant vu des rubans, il m'a demandé si j'étais un ancien de 14. J'ai dit oui sans rien ajouter. Je n'avais guère envie de parler. J'étais contrarié par cet accident et déçu de ne pouvoir me rendre à l'ossuaire, comme je l'avais prévu.

— Paraît que c'est votre patron qui a fait acheter ce tas de fleurs ?

— Oui.

— Il a un frère qui a été tué ici ?

Je ne sais pas ce qui m'a poussé à répondre :

— Non, pas son frère, mais beaucoup d'amis.

— Ah ! Lui aussi, il était là ?

Je n'ai rien répondu. Il a roulé un moment sans parler, puis il s'est mis à me raconter qu'il était breton et regrettait d'être venu travailler là, chez des patrons qui l'exploitaient. Je l'ai laissé aller sans l'écouter vraiment.

Avec seulement l'envie de lui dire que, parmi les morts, il y avait des gamins de dix-huit ans.

Je regardais la ville. Bien entendu, je ne retrouvais rien. J'avais en mémoire une relève qui nous avait amenés à traverser Verdun en ruine avec sa cathédrale dont les deux tours étaient presque intactes. Des maisons brûlaient. Une épaisse fumée mêlée à des restes de brouillard stagnait partout dans cette cuvette. Je me souviens que ce jour-là nous prenions les tranchées près de Souville, dans un endroit où il y avait une grande carrière. Un bien sale coin. Secteur pourri !

Une fois sortis de l'agglomération, nous avons roulé sur une bonne route goudronnée, entre les bois. Là non plus je ne retrouvais rien. La forêt que les marmitages avaient tellement rasée et hachée était redevenue forêt. On devinait simplement, par endroits, un sol bosselé. Les boyaux, les tranchées et les trous d'obus avaient laissé des traces, mais les années avaient mené leur travail de nivelage. L'herbe et la broussaille, en repoussant, avaient fait le reste. J'avais connu là un bourbier. Une terre labourée et creusée en tous sens comme une énorme fourmilière. J'y trouvais un sous-bois assez beau. Le dimanche, en été, les gens devaient venir s'y promener et manger sur l'herbe en riant. Là, mes copains étaient morts, et rien ne rappelait leur agonie.

Aux croisements, des flèches portaient des noms qui sonnaient en moi curieusement : fort de Souville, Fleury, fort de Vaux, ravin de la Dame. J'avais envie de dire au conducteur de tourner à droite ou à gauche, mais je me retenais. Partout, les arbres avaient repris leur place. Rien ne subsistait de nos années de misère, sauf ces noms bien propres sur des plaques de métal qui luisaient sous l'averse.

J'avais souvent vu des photographies du cimetière dominé par l'ossuaire. Des amis qui s'y étaient rendus m'avaient adressé des cartes postales. Pourtant, devant ces milliers de croix toutes pareilles, j'ai été soudain pris de frissons.

Le garçon, qui devait bien connaître le coin, a longé le bas du cimetière au ralenti, puis il l'a contourné pour prendre la voie du haut, revenant sur la droite, il s'est arrêté juste devant l'entrée de l'ossuaire en disant :

— C'est là.

Il faisait mine de descendre.

— Non, pas la peine de vous faire mouiller. Je vais voir où je peux mettre mes fleurs. Je reviens.

Il est resté dans la camionnette. J'étais heureux qu'il pleuve si fort pour être débarrassé de ce bavard. J'ai monté les marches et poussé la lourde porte. Très ému. Il y avait dans cette immense galerie quelque chose de glacial. Au fond, à gauche, deux cierges brûlaient. Les murs portaient partout des noms gravés et des sortes de tombes énormes et luisantes s'alignaient tout le long. J'ai lu des noms et des numéros de régiments mais, dans ce silence où mes pas sonnaient sous la voûte, je me sentais tellement gêné que je suis sorti assez vite. Jamais je n'aurais osé déposer des fleurs dans une galerie aussi bien astiquée.

Je suis descendu. En passant devant la camionnette, j'ai adressé un signe au gars qui me regardait par-dessus son journal. Il a compris que je n'avais pas besoin de lui.

D'autres marches très longues descendaient vers les tombes. Devant chaque croix était planté un petit rosier. Presque tous portaient encore des roses fanées.

Je me suis approché des premières tombes de droite. Je m'étais toujours figuré que les croix étaient en bois. Non, elles étaient en pierre. J'ai lu ce qui était martelé sur la première plaque de métal oxydé : « Noël Justin Bertin, soldat 7e Génie. Mort pour la France. 15-8-1917 ». J'ai été étonné que le nom soit écrit après les prénoms. Deuxième croix : « Chaulet Albert, soldat 162e RI. Mort pour la France. 13-8-1917 ».

J'avais lu sur une carte postale qu'il y avait là quinze mille tombes.

Il pleuvait toujours autant. J'avais froid. J'avais mal. Une envie de pleurer me serrait fort la gorge et je me suis un instant imaginé parcourant ce cimetière en lisant les quinze mille noms. J'étais certain que je retrouverais des copains.

Je n'avais pas pu poser mes fleurs dans ce bâtiment glacial. Il me semblait que mes camarades ne pouvaient pas y être. Ils ne pouvaient reposer que dans la terre.

Je me suis dirigé vers les tombes de gauche en traversant une pelouse regorgeant d'eau.

Première tombe : « Collogne Edouard Noël, soldat I/362e RI. Mort pour la France. 4-2-1915 ». A cette date, j'étais là moi aussi. Pas très loin. En un endroit qu'il m'aurait sans doute été impossible de retrouver parce que je le voyais tel qu'à l'époque et non pas recouvert de forêt neuve. Deuxième tombe : « Paris Marcel, maréchal des logis 65e esc. 2 cAV. Mort pour la France le 23-9-1917 ». Troisième croix : « Basset Léon, 150e RI. Mort pour la France. 18-8-1916 ».

Revenant sur mes pas, je me suis engagé dans le deuxième rang. L'eau coulait de ma casquette sur ma nuque et c'était une sensation de guerre. Là, il y avait un zouave du 4e et je me suis souvenu d'un jour où les zouaves s'étaient fait massacrer à côté de nous dans une sortie imbécile et totalement inutile.

J'ai continué de marcher lentement en lisant

des noms çà et là. Une plaque portait seulement des initiales : « RD... E... Mort pour la France ». Ni date ni nom.

Continuant mon chemin, je suis allé jusqu'aux tombes sans croix. Celles des musulmans enterrés face à leur pays. Ou à leur Dieu, je ne sais pas. Avec des espèces de cœurs renversés à la place des croix. Qu'est-ce que tous ces pauvres bougres étaient donc venus défendre si loin de chez eux ? J'en avais vu tomber pas mal. Des Arabes et des nègres. Loin de leur soleil.

Revenant vers l'escalier par une autre rangée, j'ai continué de lire des noms et je suis tombé en arrêt devant Geoffroi Lorin, puis, à côté, Charvet André. Ils n'étaient pas de mon régiment, mais j'avais eu pour copains un Geoffroi Marcel et un Charvet Arthur. Tous les deux étaient morts, tués par le même obus près de Thiaumont. Bien sûr, je n'étais pas devant leur tombe, mais le rapprochement de ces deux noms m'a touché. Les yeux brouillés, je suis monté chercher les roses.

A présent, il me tardait de quitter ces lieux. J'ai pris les fleurs. Le gars voulait m'aider mais j'ai refusé d'une voix ferme. Je tenais à être seul. J'ai retrouvé ces deux tombes, et c'est entre leurs croix que j'ai déposé les fleurs.

Au retour, sans doute pour m'être agréable, le garçon a pris une autre route, mais je n'étais plus en mesure de rien regarder. Il parlait, mais ce qu'il disait ne me touchait pas davantage que le bruit du moteur et celui de la pluie. Un autre grondement était en moi qui tuait le présent.

27

Lorsque nous sommes revenus en ville, le conducteur m'a demandé si je connaissais le Grand Mémorial. Comme s'il avait été heureux de me faire découvrir la Lune, il a lancé :

— Alors ça, faut voir aussi !

Et il m'a conduit au pied d'un très long escalier où l'eau ruisselait. Je n'avais guère envie d'y monter sous ce déluge, mais je m'y suis senti obligé. Non à cause du garçon, mais par je ne sais quelle force venue du passé. J'ai donc gravi cette interminable volée de marches jusqu'à ce mémorial fermé. Tout en haut, j'ai vu la statue d'un guerrier d'un autre âge. De chaque côté, un canon. Comme la pluie redoublait je suis redescendu. Quand je l'ai rejoint, le gars a claironné :

— A présent, j' vais aller me faire sonner les cloches !

Lorsque nous sommes arrivés, le concierge m'a appris que je devais attendre Madame avant de monter. Ça n'a pas été bien long. Elle m'a rejoint dans le hall. La colère se lisait sur son visage. Elle m'a fait signe de la suivre dans un petit salon où un serveur s'est précipité pour allumer les lampes. Elle a lancé d'un ton très sec :

— Ça va, mon ami. Nous y voyons assez !

Le garçon est sorti et Madame m'a demandé de fermer la porte. Avant que je ne sois revenu vers elle, elle explosait. Sa voix était sèche. Son geste hachait l'air devant elle :

— Je me demande où mon mari a déniché l'adresse de cet hôtel ! Il paraît qu'il y en a un très bon dans le bas de la ville, Le Coq Hardi. C'est là qu'il aurait fallu aller. Ici, le directeur est un goujat et un imbécile. Si votre patron n'était pas dans cet état, c'est lui qui se chargerait de régler ça ! Mais je n'ai pas envie de le voir mourir d'une crise cardiaque. Il faut lui éviter les émotions. Bref, ce rustre prétend que c'est vous qui êtes responsable.

J'ai bondi :

— Mais Madame...

Elle m'a interrompu :

— Je sais, j'étais là. Vous iriez lui flanquer une paire de gifles qu'il ne l'aurait pas volée, mais ça n'arrangerait rien. D'ailleurs, il est déjà reparti. Tout est réglé. Comme il n'est pas question qu'il nous prête une voiture, j'ai appelé Claudine pour que son mari nous envoie une voiture de l'usine. Or, c'est elle qui vient. Elle doit déjà être en route.

Madame a soupiré pour ajouter :

— Je ne lui ai pas dit dans quel état est son père... Elle est furieuse qu'on soit partis comme ça, sans qu'elle puisse venir... Mon pauvre Augustin, votre patron qui parlait toujours de sa baraka... Elle l'a bien quitté... Depuis la mort de mon pauvre Régis, la chance s'en est allée de notre vie.

Elle venait de passer de la colère à la tristesse. Elle s'est levée lentement.

— A présent, il ne nous reste plus qu'à attendre.

Je suis sorti derrière elle en lui demandant ce que je pouvais faire.

— Rien. Reposez-vous.

Le concierge, qui semblait mieux que son patron, nous a annoncé que le garagiste de Reims viendrait chercher l'auto au début de l'après-midi.

28

A midi, Monsieur m'a fait appeler. Pour éviter toute bataille, Madame lui avait raconté que la panne était survenue alors que la voiture était devant l'hôtel et que nous partions tout à fait normalement. Je m'attendais tout de même à une semonce, mais il n'en a rien été. Quand je suis entré dans la chambre, il était habillé, cravaté et chaussé. Très élégant. Visage reposé. Assis dans un fauteuil près de la fenêtre, il tenait sur ses genoux un journal qu'il ne lisait pas. Il m'a lancé :

— Alors, Laubier, on me casse ma voiture !

Il souriait. J'ai bredouillé des excuses et il m'a demandé :

— C'est de l'usure, bien entendu ?

— Je pense, Monsieur.

— C'est ma faute. On a dû massacrer quelque chose en s'embourbant dans ce chemin. Enfin, ça fera sans doute plaisir à ma fille de voir la tombe de son frère.

Il a hésité, regardé vers les toits d'en face où le ciel gris se reflétait sur les tuiles ruisselantes.

— J'aurais aimé voir au moins la Voie sacrée.

— Avec ce temps...

— Je sais... Vous avez porté les roses ?

— Oui, Monsieur.

— Alors ?

Sa question m'a surpris. Je ne voyais pas ce qu'il attendait de moi. J'entendais du bruit dans la salle de bains où Madame devait se maquiller. J'ai dit :

— Elles étaient très belles, Monsieur.

— Je sais. Mais vous... Enfin, ça a dû vous faire quelque chose, de revoir ces lieux.

J'ai hésité à répondre. J'étais bien en peine d'expliquer ce que j'avais éprouvé. C'était si compliqué.

— Ecoutez, Monsieur, tout est tellement changé. Ces croix toutes belles avec leurs petits rosiers, cet énorme bâtiment, je ne reconnais rien. De notre temps, tout ça, c'était... c'était de la boue et des ruines. La ville est reconstruite...

Il avait l'air déçu.

— Tout de même, la Meuse, c'est toujours la Meuse.

— Eh bien, même ça, j'ai du mal à le reconnaître.

Comme il semblait vraiment très déçu, je me suis empressé d'ajouter :

— Mais vous savez, avec le temps qu'il fait, on ne voit pas grand-chose.

La porte de la salle de bains s'est ouverte et Madame nous a rejoints en demandant :

— Tu ne veux pas que je te fasse monter ton repas ici ?

— Bien sûr que non. Je suis très bien. Je tiens à être avec vous. Je ne mangerai pas beaucoup, mais je ne vais pas rester comme un puni dans cette chambre toute la journée.

Nous sommes descendus. Monsieur n'avait pas l'air très solide sur ses jambes et Madame a tenu à lui donner le bras. Il a voulu une table près de la fenêtre donnant sur la cour intérieure.

Dès que nous avons été assis, avant même que nous n'ayons ouvert les menus, le maître d'hôtel est arrivé très souriant.

— Notre directeur regrette de ne pas être ici pour vous accueillir. Ce repas est à sa charge. Et je dois vous conseiller un très bon vin.

Monsieur semblait estomaqué.

— Merci, c'est très aimable.

Quand l'homme a été parti, il s'est tourné vers Madame pour demander :

— Qu'est-ce qui lui prend ? Il doit nous confondre avec de vieux clients. Je regrette de ne pas avoir une faim de loup. Laubier, vous allez devoir manger pour deux !

Nous avons commandé notre repas, puis, tout de suite, Monsieur a déclaré :

— Au fond, c'est très bien que Claudine puisse venir avec nous sur la tombe de son frère.

Madame a eu un haut-le-corps.

— Quoi ! Tu veux aller tout de même à Aulnois !

— Bien entendu. Nous sommes partis pour ça. Que ce soit avec notre voiture ou celle de ta fille, je ne vois pas ce qui nous en empêcherait.

— Enfin, tu n'es pas bien.

— Demain, je serai en pleine forme. Alors, Laubier, nous sommes à Verdun. Vous avez passé ici des moments pénibles. Racontez-nous un peu ça. Nous avons du mal à imaginer ce que ça pouvait être.

Une fois de plus, j'ai dû raconter. Revivre pour lui ce qui, pourtant, semblait parfois lui être très pénible à entendre. Il n'avait mangé qu'un potage au vermicelle et une tranche de jambon blanc avec une biscotte de régime. Devant une tasse de camomille fumante, le regard un peu vague, il m'écoutait. J'avais par moments l'impression qu'il ne m'entendait pas vraiment, mais, lorsque je m'arrêtais trop longtemps il disait :

— Oui, et alors ?

Alors je continuais. Deux ou trois fois Madame a dit :

— Mais laisse-le donc manger.

Nous en étions au fromage, Madame et moi, lorsqu'il a annoncé :

— Si Claudine n'arrive pas trop tard, nous prendrons sa voiture et nous irons voir la Voie sacrée.

Madame a bondi :

— Tu ne mettras pas le nez dehors aujourd'hui. Je n'ai pas envie de t'enterrer ici !

Il a lancé un ricanement en disant :

— Une tombe de plus, ça ne se connaîtrait pas.

— Ne sois pas stupide. D'ailleurs, Claudine ne sera certainement pas là avant la nuit.

Il a haussé les épaules :

— C'est pourtant moi qui lui ai appris à conduire.

— Oui, mais moi je lui ai recommandé de ne pas rouler comme une folle. De toute manière, tu ne sortiras pas aujourd'hui.

Je sentais que Madame était très tendue. Et j'étais un peu gêné d'avoir tant parlé. En fait, c'était la première fois que je racontais des histoires de guerre en sa présence. Jusqu'à ce jour, Monsieur m'avait toujours fait parler lorsque nous étions tous les deux, lui et moi, soit à rouler en voiture, soit lorsqu'il venait me trouver dans le jardin. Car au fond, c'était surtout depuis la mort de son fils qu'il s'intéressait tant à l'autre guerre.

Et, sans doute à cause de cette présence invisible mais si angoissante de tous mes anciens camarades qui n'avaient pas eu ma chance, durant ce repas, j'ai parlé de la sinistre cote 304 toute proche du Mort-Homme. C'est là que j'ai vu, et surtout senti le plus, la présence des cadavres. Même quand on ne les voyait pas, ils puaient. Epouvantable ! On ne pouvait pas les oublier une seconde.

Le 125e régiment et le 114e qui tenaient le secteur avant notre arrivée avaient littéralement fondu. Il restait souvent deux ou trois hommes par escouade. Le soleil tapait dur. La terre, à certains endroits, avait épongé tellement de sang que des nuées de mouches et de moucherons s'y abattaient pour boire. Un sol couvert de débris, de morceaux d'armes, de paquetages, de lambeaux de chair humaine.

Là, j'ai vu des jeunes qui montaient en ligne pour la première fois se mettre à vomir. J'ai vu des bleus tourner de l'œil. Car nous devions nous vautrer dans cette boue sanglante pour échapper aux balles et aux éclats d'obus. Les boyaux d'accès et les tranchées n'existaient plus. Il n'y avait que des trous ridicules pour essayer de se cacher.

Et notre commandant l'avait bien compris lui aussi. Il avait déniché le seul abri solide, très profond, creusé par les Boches. Il n'en sortait jamais. Il restait avec ses quatre mètres de terre et de rondins sur la tête. Et ses agents de liaison allaient se faire tuer l'un après l'autre pour porter ses ordres.

C'est ce que je leur ai raconté ce jour-là, devant une bonne table.

29

L'après-midi, comme mes patrons n'avaient pas besoin de moi et que la pluie s'était arrêtée de tomber, j'ai voulu sortir. Mais la ville mouillée aux rues presque désertes m'a semblé d'une déprimante tristesse. Après avoir marché un moment sans rien trouver à voir de bien intéressant, j'ai décidé de rentrer à l'hôtel. Il devait être à peu près six heures et demie, j'étais allongé sur mon lit et je lisais le journal lorsqu'un employé est venu frapper à ma porte. Il m'a demandé de descendre dans la chambre de mes patrons. J'en ai déduit que leur fille venait d'arriver.

Monsieur était allongé tout habillé sur son lit, les deux femmes assises dans les fauteuils. Des tasses et une théière se trouvaient entre elles, sur une petite table.

Il y avait bien trois semaines que je n'avais pas vu la petite Claudine — plus exactement : Mme Vallier — et j'étais heureux de la retrouver. Non seulement pour le plaisir de la revoir, mais aussi parce qu'il me semblait qu'avec cette jeune femme moderne et très dynamique les choses allaient tourner rondement et dans le bon sens.

Elle portait un tailleur rouille très strict, un corsage blanc et un foulard de soie bariolé comme on en fabrique dans l'usine de son beau-père. De sa place, elle a répondu à mon salut d'un petit signe de tête et d'un sourire à peine ébauché. De la main, elle m'a désigné un gros pouf carré, capitonné et recouvert de velours rouge d'où pendaient des franges qui m'ont fait penser à certaines épaulettes. Comme il était contre la coiffeuse, elle m'a ordonné :

— Avancez-le et asseyez-vous, Augustin.

Avant même que je sois installé, elle a repris :

— Nous sommes en plein conseil de guerre. Et nous avons besoin d'un ncutre pour arbitrer.

Monsieur est intervenu en souriant :

— Laubier ne peut pas être neutre, il a toujours été sensible au charme féminin.

Comme si elle ne l'avait pas entendu, sa fille a poursuivi :

— Papa veut absolument que nous poussions jusqu'à Aulnois. Maman souhaite que nous rentrions le plus tôt possible. C'est-à-dire demain matin. Moi, j'estime que c'est déjà une folie d'être venus ici à cette saison. Mais j'aimerais bien faire plaisir aux deux. Qu'en pensez-vous, Augustin ?

Sans réfléchir, j'ai répondu :

— Je suis exactement comme vous, Madame.

Ils ont ri tous les trois et Madame a lancé :

— Vous pensez aussi que c'est une folie !

J'ai jeté un coup d'œil au patron qui essayait de prendre un air sévère.

— Oh non, Madame, je ne me permettrais pas. Je voulais juste dire que moi aussi je souhaite faire plaisir à tout le monde.

— Nous voilà bien avancés, a crié Monsieur.

Il semblait de bonne humeur mais Madame était sombre. Elle ne plaisantait pas :

— Enfin, c'est vous le chauffeur.

J'ai regardé Mme Vallier qui a approuvé :

— Bien entendu. Même avec ma voiture, c'est vous qui conduirez.

On peut imaginer dans quel embarras je me trouvais. Et ces regards fixés sur moi. J'ai hésité quelques instants puis, tourné vers mon patron, j'ai bredouillé :

— Moi, je ne sais pas si Monsieur se sent assez bien pour...

Il m'a interrompu. C'est tout juste s'il n'a pas fait un saut de carpe sur son lit pour lancer :

— La cause est entendue. Laubier a raison : si je me sens bien, nous y allons. On décidera donc demain matin. Pour l'instant, je vous signale que je me crois capable d'y aller à pied s'il le faut. Ou en tandem avec Laubier. Et même en triplette si l'une de ces dames se sent de nous accompagner.

Là, il s'est tourné vers sa fille en lui tendant sa main blanche et maigre. Mme Vallier s'est avancée sur le bord de son fauteuil pour poser dans cette paume ouverte ses doigts aux ongles rouges et pointus. La main du patron tremblait un peu et son tremblement se communiquait au poignet de sa fille où étincelait un gros bracelet.

Ils semblaient vraiment émus tous les deux. D'une voix faible, Monsieur a murmuré :

— Tu vois, ma pauvre chérie, je n'ai pas voulu te déranger pour que tu viennes avec nous sur la tombe de ton frère. Ça devait être une grosse sottise ; le bon Dieu l'entendait autrement. Il s'est dit : ce vieux bêta, je vais lui donner une bonne leçon. Et il m'a puni en me rendant malade tout le long du chemin.

— Papa, voyons...

— A présent, tu es là. Je suis certain que tout va aller beaucoup mieux.

Madame les regardait. Elle s'est levée pour gagner la salle de bains. Moi, je ne savais plus très bien si je devais rester ou m'éclipser sans bruit.

Il me semblait les retrouver tels qu'ils étaient

lorsque les enfants, encore jeunes, jouaient dans le parc. Monsieur avait acheté deux poneys qui, les malheureux, sont morts mystérieusement un an plus tard. Sans doute empoisonnés on ne sait par quoi. Les enfants les montaient et faisaient le tour du parc. Monsieur et moi nous étions là, à rire en les surveillant. La petite Claudine prétendait qu'elle montait un cheval de cirque et le petit Régis se prenait pour Buffalo Bill. Il voulait que sa sœur soit un Indien qu'il allait capturer et scalper. La petite hurlait. Elle ne voulait pas qu'il lui coupe les cheveux. Il criait qu'il allait la capturer au lasso pour la vendre à un coureur cycliste nommé Martinon qui en ferait une esclave. Elle passerait sa vie à gonfler des pneus de vélo.

Et les rires cascadaient jusqu'à la route où, à l'époque, circulaient encore largement autant de charrettes attelées que d'automobiles.

Ce soir, en les voyant ainsi, je me suis souvenu avec une acuité presque douloureuse d'un après-midi où, remontant par la grande pelouse où il faisait trotter sa monture, le petit Régis s'était mis à crier à sa sœur :

— Je suis Bournazel !... Je suis un spahi. Tu es un mécréant. Je vais te tuer !

Et il m'a semblé entendre encore la voix de Monsieur :

— Mon Dieu, pourquoi faut-il donc que les garçons ne pensent qu'à la violence !

30

Ce soir-là, j'ai senti qu'il serait plus convenable de ma part de laisser mes patrons en famille. Vers sept heures, j'ai demandé si je pouvais disposer.

— Mais il faut que vous mangiez, Laubier, a tonné Monsieur. Vous n'allez pas me laisser tomber. C'est indigne d'un poilu !

— Je n'ai pas faim, Monsieur, et j'aimerais aller au cinéma. J'ai vu qu'on donne *Les Gueux au Paradis*. J'aime bien Fernandel et Raimu.

Monsieur m'a lancé :

— C'est parfait, mon petit. Mais n'allez pas courir la gueuse. Ça ne mène pas au paradis et je veux vous avoir en forme demain matin.

Je crois qu'ils ont compris que je me retirais par discrétion et apprécié mon attitude.

Il ne pleuvait plus. Il faisait beaucoup plus froid. Une bise aigre prenait la rue en enfilade. Le cinéma n'était pas loin, mais j'étais très en avance. Je suis entré dans un café où j'ai bu un canon de rouge en mangeant une curieuse petite tarte salée achetée dans la charcuterie voisine. Il n'y avait pas grand monde dans ce bistrot. Seulement des habitués. Ils parlaient au patron, gros homme rouge qui boitait bas. Quatre vieux jouaient aux cartes en se chamaillant. Quand le patron m'a servi, il a regardé ma boutonnière.

— Alors, on vient revoir les anciens ?

Il m'a demandé dans quel régiment j'avais servi, j'ai répondu, et deux hommes sont entrés qu'il a rejoints. J'étais soulagé qu'il me laisse tranquille.

Il ne pouvait pas mieux dire quand il parlait de revoir les anciens. Depuis que j'avais quitté l'hôtel, ils étaient tous après moi, mes copains. Surtout les morts. C'était curieux, car ils ne faisaient pratiquement rien. Ils se contentaient d'être des visages sous des képis ou des casques. Et sous pas mal de boue brune aussi.

Je me suis vite rendu compte que leur présence si obsédante devait tenir au fait que j'étais à Verdun, car je ne revoyais ni ceux qui étaient tombés avant notre arrivée ici, ni ceux qui devaient mourir plus tard, dans d'autres secteurs où ça n'était pas beaucoup moins dur. Je mettais des noms et des prénoms sur ces visages. Et des noms de villes ou de villages aussi. Ceux des endroits d'où ils venaient. Où on avait dû attendre leur retour. Où ils figuraient sans doute sur le marbre d'un monument.

Je demeurais là, figé, sans plus rien voir de ce café pauvre, sans rien entendre de ce qui se disait autour de moi. Je contemplais des visages sans vie et qui fixaient pourtant sur moi des regards intenses. Et j'entendais ma propre voix répéter des noms.

Je suis resté là longtemps. J'ai payé. Je suis sorti et me suis sans réfléchir rendu au cinéma. Le film était amusant, mais mes copains toujours là semblaient me reprocher mon rire.

Quand je (j'allais dire nous et ce serait plus juste) suis sorti de cette salle, la bise faisait courir d'un bout à l'autre de la rue une petite neige dure et serrée qui pinçait la peau.

31

Le lendemain, j'étais sur pied bien avant l'aube. J'ai ouvert ma fenêtre. L'enseigne clignotante rouge ne fonctionnait plus. A la lueur fade qui montait de la rue j'ai vu filer la neige. En face, les toitures qui se devinaient à peine étaient blanches. En dépit de ce que les terribles hivers de guerre m'ont fait endurer, il me reste de mon enfance une passion très forte pour ces matins où tout s'emmitoufle dans un silence blanc. Ma fenêtre refermée, je suis resté longtemps le nez à la vitre glacée, à regarder ce torrent gris qui donnait presque le vertige. J'ai fait ma toilette, je me suis habillé chaudement et je suis descendu.

J'aime la neige, mais là, elle ne me souriait vraiment pas.

C'était le petit concierge qui se trouvait de service. Il m'a tout de suite averti :

— Si vous prenez la route pour Aulnois, je vous souhaite bien du plaisir.

Puis il m'a rappelé que le deuxième envoi de roses était dans le garage.

Je suis allé à la porte. La neige tenait. La rue n'était pas déblayée et la voiture de Mme Vallier garée le long du trottoir, un peu plus bas, dans un renfoncement, était blanche. J'ai pensé un instant à la nettoyer, mais comme je ne savais pas quelle décision serait prise, je me suis dit que c'était inutile. Heureusement, elle était venue avec leur plus grosse auto qui était une quinze-chevaux Citroën. Si nous devions partir, sur la neige, la traction avant nous serait très précieuse. Et c'est une voiture que j'aime beaucoup conduire.

Je suis rentré et le petit concierge m'a appris que tout le monde avait annoncé ce temps-là depuis deux jours. Mais nous n'avions pas écouté la radio et j'avoue que je n'avais pas regardé ce que le journal prévoyait.

— Et ça risque de durer.

Il avait l'air tout content. Je lui ai demandé s'il aimait la neige et il m'a répondu :

— Pas du tout, mais nous allons peut-être vous garder.

Et il se frottait les mains pour ajouter avec un clin d'œil :

— Vous garder jusqu'à ce que votre voiture soit réparée.

— J'ai peur que ce ne soit fort long.

C'était ce que le garagiste de Reims m'avait laissé entendre en venant la chercher. Les pièces, pour ces modèles peu répandus, n'étaient pas faciles à trouver. J'avais vu avec un petit serrement de cœur, la belle Hotchkiss s'en aller sur un camion dépanneur. Et Monsieur, qui depuis la fenêtre de sa chambre avait assisté à l'embarquement, m'avait étonné, quelques minutes plus tard en me déclarant :

— Si elle commence à flancher, je vais la mettre en vente.

— Monsieur, une voiture pareille !

— J'aime beaucoup les automobiles, mais comme tout ce qui est mécanique, c'est fait pour nous servir. Le jour où c'est foutu, rien ne sert de s'en embarrasser. Aussi belles qu'elles soient, ce ne sont pas des œuvres d'art. Je sais qu'une collection de voitures peut représenter une fortune, mais voyez-vous, ce n'est pas du tout le genre de collection qui m'ait jamais tenté... La peinture, mon petit, la peinture ! Il n'y a que ça de vrai !

Il est exact que je l'avais souvent entendu le dire à ses amis. Bon nombre d'entre eux lui demandaient son avis pour acheter des tableaux. Il les conseillait au mieux, mais, la plupart du temps il soupirait :

— Ils achètent uniquement s'ils peuvent faire une affaire. Moi, j'ai toujours acheté ce que j'aimais. Et des affaires, j'en ai fait plus qu'ils n'en feront jamais.

Toute sa vie, cet homme m'aura surpris. Et ce matin-là encore il allait m'étonner. Alors que je m'attendais à l'entendre pester contre le mauvais sort qui semblait s'acharner sur nous depuis le début du voyage, lorsqu'il a vu tomber la neige il nous a déclaré :

— Quelle chance que l'Hotchkiss soit cassée, nous serons plus en sécurité dans la traction avec une route pareille.

Mais, au petit déjeuner, il y a eu un très vif accrochage entre les deux femmes et lui. En dépit de l'état des routes et de la piètre visibilité, il s'était mis en tête de pousser jusqu'à Aulnois. Ce qui représentait, en comptant le retour, pas loin de quatre cents kilomètres de plus. Ça me semblait à proprement parler de la folie pure. Fort heureusement, cette empoignade avait dû faire monter sa tension artérielle. Il est devenu rouge et son souffle, de nouveau court et saccadé, l'a obligé à se taire.

— Veux-tu que j'appelle le médecin ? a demandé Madame.

Dans un grand effort qui faisait un peu mal à voir car la souffrance se lisait sur ses traits, il est parvenu à gronder :

— Fous-moi la paix avec ce con ! Il t'a fait

acheter pour une fortune de drogues à foutre aux chiottes... Il doit toucher des ristournes du pharmacien, celui-là... Entre les toubibs qui ne font rien et ceux qui font trop... Les malades qui s'en tirent ont vraiment la peau dure...

— Tais-toi, papa. Tu parles trop. Tu t'essouffles encore plus.

Sa fille lui a pris la main qu'elle a caressée tendrement. Elle lui ressemble. Mince et les traits un peu durs comme lui. Le même grand front. Elle a ajouté d'une voix très douce :

— Tu devrais aller te reposer un moment. Nous ferons les valises et, dès que des voitures auront circulé un peu, on essaiera de partir. S'il faut s'arrêter en route, ce ne sont pas les hôtels qui manquent, entre ici et Lyon.

Il s'est levé avec peine et Madame a dit :

— Augustin va t'accompagner. Allez doucement.

J'ai compris qu'elle devait vouloir parler à sa fille. Le patron s'est appuyé sur mon bras :

— Mon pauvre Laubier, ceux qui sont morts jeunes se sont peut-être épargné bien des misères... La décrépitude, quelle défaite !

Je n'ai pas pu m'empêcher de remarquer :

— Tout de même, Monsieur, depuis 18, vous avez eu une belle vie.

Il s'est arrêté et a tourné la tête vers moi. Ses yeux étaient mouillés.

— Oui, mon petit, nous avons connu de bons moments. Mais depuis 40... nous payons !

32

Il était dix heures passées lorsque nous sommes partis. Claudine avait appelé son mari. A Lyon, il pleuvait. Mais le concierge nous avait appris qu'il neigeait jusqu'au sud de Dijon.

En montant dans la voiture, à côté de moi, Monsieur a dit :

— Espérons que nous pourrons gagner Tournus, nous sommes au moins certains d'y faire un bon repas.

— Seigneur ! a lancé Madame, tu ne digères plus rien et tu ne penses qu'à manger. Je te l'ai répété cent fois !

Lorsque j'étais redescendu après avoir accompagné le patron jusqu'à son lit, j'avais vu que sa fille avait les yeux rouges. Elle savait. Nous avons échangé un regard. Elle a souri tristement en soupirant :

— Mon pauvre Augustin, il est loin, le temps de Buffalo !

Une fois sur la route, je la voyais dans mon rétroviseur. La main dans celle de sa mère, elle pleurait en silence. A ma droite, Monsieur fixait la route. Les phares noyaient d'un beau jaune le poudroiement serré. Des camions et quelques voitures avaient laissé des traces, mais aucun chasse-neige n'avait déblayé. Monsieur grognait :

— Moi qui voulais tant voir la Voie sacrée, nous y sommes et on ne peut même pas regarder les bornes ! Est-ce que vous vous y retrouvez, Laubier ?

— A peu près, Monsieur. Soyez tranquilles, nous sommes sur la bonne route.

— J'espère. Mais je vous demande si vous reconnaissez quelque chose.

— Nous venons de passer le croisement où ils avaient fait ce qu'on appelait le Tourniquet. C'est là qu'on descendait des camions.

— C'est très vallonné, ce coin-là !

— Oui, Monsieur, toute la région est comme ça.

— Donc, vous descendiez des camions à ce Tourniquet ?

— Oui, Monsieur.

— Et qu'est-ce qu'il y avait ?

— Des baraquements en bois. Un cantonnement. Une ambulance. Des magasins où s'entassaient les vivres, les vêtements. Plus loin un parc à munitions. Et aussi des cercueils.

— Et vous partiez à pied ?

— On se regroupait par bataillons dans les prairies où il n'y avait plus un poil d'herbe. La poussière ou le bourbier. On nous distribuait la soupe ou le café et du pain souvent moisi. On mangeait debout, à côté des faisceaux. Et puis on partait, puis après on attendait la nuit pour s'enfiler dans les boyaux d'accès. On peut dire que la guerre commençait vraiment sur cette route.

— Laisse Augustin conduire. Ne le fais pas parler. Tu dis assez qu'un bon chauffeur ne parle pas.

Sans se retourner, le patron a lancé à sa femme :

— Ça n'est pas tous les jours que je roule sur la Voie sacrée. Si ça ne te fait aucun effet, tant mieux pour toi... moi, ça me remue.

Il a cessé de m'interroger. Je préférais, car la route n'était vraiment pas facile et, dans les descentes, la voiture chassait un peu. Plusieurs fois, nous avons vu des véhicules arrêtés et qui nous gênaient pour passer. Un gros camion était couché dans le fossé.

Non, Monsieur ne m'a plus interrogé, mais c'est lui qui s'est mis à parler. Il ne l'avait jamais fait de cette manière, et j'ai compris ce matin-là que s'il m'avait si souvent interrogé, il avait dû beaucoup lire aussi et regarder souvent des images de cette partie de la Grande Guerre. Il connaissait les noms des villages où l'on s'était beaucoup battu. En fait, il nous parlait comme s'il avait voulu nous apprendre la vérité sur ces combats. Il disait, par exemple :

— Au Tourniquet, quand les poilus regardaient s'en aller les camions vides, tous se demandaient combien d'entre eux reviendraient. Lesquels étaient d'avance marqués pour rester dans ce bourbier que tant d'autres avaient déjà arrosé de sang.

Jusqu'à Bar-le-Duc, il n'a guère cessé de raconter. Il se souvenait de mille détails que j'avais oubliés. Même les noms des généraux et des colonels qui avaient commandé à Verdun lui étaient familiers. Et toujours revenait la grande aventure des camions se suivant à se toucher et de cette route où des centaines de territoriaux jetaient des pierres à longueur de journées et de nuits sans jamais interrompre ni même ralentir le trafic. Qu'un camion tombe en panne, il était aussitôt poussé hors de la chaussée. Jamais, jamais le flot ne devait se ralentir. A un moment, il a dit :

— Cette route, c'était une artère. Au bout,

il y avait une blessure par où le sang coulait... Et il en fallait toujours davantage.

Il a prononcé ces mots d'une voix à peine audible. Puis, sans bruit, sans un geste, il s'est mis à pleurer.

Troisième partie

Le voyage immobile

33

Cette année-là, il n'y a pas eu de véritable automne. L'hiver est arrivé avant même que les arbres aient fini de perdre leurs feuilles. C'était un spectacle surprenant, ces masses rousses écrasées par une neige molle que les fins de nuit durcissaient. Une croûte se formait que la montée du jour faisait fondre et tomber en paquets sur les pelouses et les allées. Tout se mettait à ruisseler et à fumer. Puis, la nuit revenue, c'était à nouveau le cristal.

Nous avons connu aussi une semaine entière d'un brouillard tellement épais que les trains roulaient au pas et que la circulation sur les routes était à peu près bloquée. Le dernier jour, lorsque le soleil a percé, il y a eu deux bonnes heures de féerie sur le parc, le temps que tout le givre soit fondu.

Sont revenues ensuite des journées de froid

vif avec de cruels coups de bise qui vous empoignaient dès qu'on mettait le nez dehors.

Après notre retour sous la neige et la pluie, mon patron s'était cloîtré dans la maison dont il semblait ne plus vouloir sortir. Moi, tout en continuant le ramassage des feuilles mortes, je m'étais attelé aux corvées de bois, de cendre et de fourneaux.

L'énorme poêle rond du hall, presque aussi haut que moi, était conçu pour fonctionner avec de l'anthracite de qualité ou de bons boulets, mais nous touchions alors si peu de combustible que même en ajoutant nos tickets à ceux des patrons, ça n'aurait pas donné de quoi chauffer seulement deux ou trois jours par semaine.

Bien entendu, il n'était absolument pas question d'allumer la chaudière énorme qui faisait fonctionner le système de chauffage à air chaud. On ne l'avait plus fait marcher depuis l'hiver 39-40. C'était un engin qui consommait deux camions de bon charbon par an. Il y avait de belles grilles au sol dans toutes les pièces. Mais par là, Marthe disait qu'il arrivait autant de poussière que de chaleur. Seulement, la poussière, on en faisait aussi pas mal avec les fourneaux. Enfin, c'était encore les restrictions, et il fallait bien s'en accommoder. Le gendre de mes patrons nous a fait amener dix sacs de son usine où il se débrouillait assez bien, mais c'était du gros charbon des mines de Lamure qui ne valait pas tripette. Le feu s'éteignait trois fois par jour, impossible qu'il tienne une nuit. De plus, le patron prétendait — et il avait peut-être raison — que cette saloperie allait esquinter le fourneau. Alors, on chauffait au bois. Nous en avions des réserves considérables dans la remise et les deux bûchers. Il en restait aussi à abattre et à débiter pour plus tard.

Mais alimenter un engin pareil avec du bois, ce n'est pas une petite affaire. Il faut en rentrer, des paniers, et venir au moins cinq ou six fois par jour le recharger. Le soir, je le couvrais avec de la poussière de charbon mêlée à de la cendre. Il lui arrivait cependant assez souvent de s'éteindre durant la nuit. C'était un travail, que de tout sortir ce qu'il gardait dans le ventre sans trop faire de saletés dans la maison.

Je venais toujours vers sept heures pour que les pièces aient le temps de chauffer un peu avant le lever de Madame qui descendait vers huit heures.

Mais ce n'était pas tout, il me restait à allumer la cuisinière, le mirus du petit salon et celui de la salle à manger. Puis, après neuf heures, quand Monsieur était descendu, je montais m'occuper du fourneau de son bureau qui réchauffait aussi sa salle de bains.

Dès le début de décembre, le froid est devenu

plus vif. Il a neigé deux fois et la neige tenait. A force de passer dans l'allée que j'avais pourtant déblayée, il s'était formé du verglas dans les deux virages. Comme on ne pouvait pas trouver de sel en grandes quantités, j'ai dû casser la glace à la pioche et répandre du gravillon que j'allais chercher à la brouette, le long de la route où les employés des Ponts et Chaussées en avaient déposé en gros tas. Monsieur me regardait de la fenêtre. Ce jour-là, quand je suis venu recharger les feux, il m'a dit :

— Tout à la pelle et à la pioche, Laubier, comme sur la Voie sacrée !

A plusieurs reprises déjà, il m'avait reparlé de notre voyage et, chaque fois, il répétait :

— J'espère que ce concierge a bien fait porter nos roses au mémorial. Avec le pourboire que je lui ai laissé !

C'était vrai. Je l'avais vu glisser un gros billet au concierge de l'hôtel. Car nous étions partis dans de telles conditions que les roses destinées à la tombe d'Aulnois étaient restées à Verdun, dans le garage de La Roseraie.

L'Hotchkiss avait été réparée. Comme il était absolument impossible que je m'absente en période de pareille froidure, le gendre de mes patrons avait fait ramener la voiture par un chauffeur de son usine. J'avais été un peu ému en la voyant rentrer dans son garage. Et même si

Monsieur affectait de n'attacher qu'une piètre importance aux voitures, je suis à peu près certain qu'il avait lui aussi éprouvé une petite émotion.

Durant quelques semaines, il a parlé d'aller à Aulnois dès le retour des beaux jours, mais je voyais bien que son état ne s'améliorait pas. Il avait de plus en plus de mal à monter l'escalier. Ses jambes répondaient, mais, après quatre marches, le souffle lui manquait. Peu à peu, son idée de repartir a semblé l'abandonner. Mais, lorsqu'il était dans le petit salon, qu'à vrai dire il ne quittait guère que pour les repas et monter se coucher, il se tenait moins souvent près de la porte-fenêtre. Sa chatte sur les genoux, il s'asseyait dans le fauteuil le plus proche de la petite table aux souvenirs. Madame tenait toujours des fleurs dans un vase à côté de la photographie du lieutenant. Ils avaient, près de Nice, un très vieil ami que Monsieur avait connu à l'école d'horticulture et qui était le parrain de leur fils. Il possédait une énorme entreprise spécialisée dans la culture des œillets. Nous l'avions visitée avant la guerre. Il en expédiait chaque semaine. J'allais à la gare avec mon vélo chercher ces longues corbeilles en bambou refendu que j'ouvrais dans la serre. Madame était toujours là et s'extasiait devant la beauté de ces fleurs et leur parfum. Elle nous en donnait quelques-unes pour mettre chez nous. Et j'avoue que c'était surprenant, de si belles fleurs alors qu'il gelait à pierre fendre.

Chaque dimanche, Mme Claudine et son mari venaient avec leur petit garçon qui avait douze ans et me rappelait beaucoup son oncle Régis à cet âge-là. Ce devait être la même chose pour Monsieur qui l'attirait près de lui et restait longtemps à le contempler, sa main sur son cou. Ce petit Paul était un enfant calme et doux qui pouvait demeurer des heures plongé dans un livre.

Le dimanche, j'étais obligé d'allumer un feu de plus, car tout ce monde était à l'étroit dans la petite salle à manger.

Un jour, Madame m'avait même demandé d'allumer aussi le fourneau du grand salon qui n'avait pratiquement jamais été utilisé depuis le début de la guerre. Marthe l'avait nettoyé à fond. Ils s'y sont installés après le repas et le petit Paul s'est mis à jouer du piano.

Il a joué en regardant une partition que l'on avait toujours laissée ouverte depuis la mort du lieutenant. Ce devait être la dernière chose qu'il avait interprétée avant son départ. Je venais d'entrer pour recharger le feu. Comme je voulais éviter le bruit, je me tenais près du poêle, à attendre. Dès qu'il a eu fini de jouer, l'enfant s'est retourné. Voyant Monsieur qui pleurait en silence dans son fauteuil, il s'est précipité en criant :

— Grand-père, je t'ai fait pleurer. Pardon... pardon. Pardon.

Il a éclaté en sanglots et s'est jeté dans les bras de son grand-père. C'était bouleversant de voir cet enfant et ce vieil homme pleurer dans les bras l'un de l'autre.

Moi aussi je pleurais. Dans ce salon triste et sombre, tout le monde s'était mis à sangloter.

Et Madame ne m'a plus demandé d'allumer dans cette pièce.

34

De retour chez nous, j'ai raconté à Marthe ce que je venais de voir. Ses yeux se sont emplis de larmes et elle a murmuré :

— A présent, ce petit doit savoir que son grand-père est condamné. On a certainement dû lui en parler.

Nous étions dans notre cuisine où nous avons un cadre plein de photographies où sont tous les gens de la famille des patrons. Il y en a où ils sont avec nous, où notre fils est avec leurs enfants. Ce sont des photos prises par Monsieur à l'époque où il aimait manier son bel appareil. Il y en a une où la veuve du lieutenant est à côté de Madame qui tient un bébé dans ses bras. Posant sur la table le journal qu'elle était en train de lire à mon arrivée, Marthe a levé les yeux vers ce cadre. Elle m'a regardé en fronçant les sourcils pour me demander :

— Est-ce qu'il n'y a pas quelque chose qui te choque, dans tout ça ?

J'ai immédiatement senti de quoi elle allait parler, mais j'ai hésité à répondre. Et c'est elle qui, très vite, a repris :

— Eh bien moi, je trouve ça très choquant. Ce pauvre M. Régis, il a tout de même laissé une femme et une gamine. Elles n'ont pas la peste, ces deux-là. Je sais bien que Marseille n'est pas la porte à côté, mais ne crois-tu pas qu'elles devraient tout de même être informées ?

— Elles le sont probablement.

— Je suis certaine qu'elles ne savent rien. J'entends ce qui se dit au téléphone. Elles ne savent même pas que vous avez essayé d'aller à Aulnois.

— Est-ce que c'est bien nécessaire ?

Marthe a haussé les épaules. Je n'aime pas qu'elle critique ce que font nos patrons. J'estime que ça ne nous regarde pas. Nous n'avons pas à les juger. Elle a soupiré :

— Tout de même ! Est-ce que tu ferais comme ça, à leur place ?

Je n'ai pas répondu. Ils sont riches, je suis pauvre. Ce sont des bourgeois, nous sommes des employés, nous ne pouvons pas les uns et les autres avoir le même comportement. Un long silence a passé avant que ma femme ne se lève en soupirant :

— Je vais aller mettre le couvert du soir.

Elle a fait un pas vers le portemanteau. Avant de décrocher sa grosse veste de laine, cadeau de Madame, elle s'est retournée pour me dire :

— Si M. Régis avait épousé une fille riche, il n'en serait pas ainsi. Mais la pauvre était secrétaire, alors...

Marthe est sortie et la chatte de Monsieur en a profité pour entrer. Elle n'aime guère le chamboulement ; lorsqu'il y a trop de monde, elle reste dans le jardin ou vient chez nous. Elle a sauté sur mes genoux et s'est tout de suite mise à ronronner. En la caressant, je pensais à cette jeune veuve. Dès après la mort du lieutenant, elle était partie à Marseille où un frère de sa mère l'avait fait entrer comme secrétaire de direction dans une grosse maison de commerce. A ma connaissance, elle n'avait jamais rien demandé à personne pour élever sa petite. Elle écrivait assez souvent pour donner des nouvelles de l'enfant et demander comment allaient les grands-parents de sa fille. Ce n'était pas indiscrétion de notre part que de le savoir. Madame lisait toujours les lettres de famille à haute voix pour Monsieur. Elle le faisait sans se gêner de notre présence.

De la même manière, nous savions que Monsieur écrivait de temps en temps à Aulnois, à la fermière qui avait vu tomber le lieutenant. Et là, les réponses qu'il recevait étaient toujours les mêmes : la tombe était bien entretenue. La fermière remerciait de l'argent reçu.

Tout cela n'était pas gai. L'hiver s'avançait avec son cortège de tristesse, ses journées courtes. L'approche des fêtes ne nous réjouissait plus. Depuis la mort du lieutenant, elles se passaient toujours chez Mme Vallier où je conduisais mes patrons le 24 décembre pour les reprendre le 26. Mais, cette année, Monsieur avait décidé de ne pas bouger. Et c'étaient les enfants qui allaient venir.

Marthe était un peu effrayée car elle savait bien que Madame ne voudrait pas, comme jadis, engager des extras. Alors, peu à peu, nous préparions tout et ce n'était pas un petit travail.

Et puis, sans oser nous le dire vraiment, nous redoutions un peu que cette fête ne soit bien triste.

De plus en plus souvent, Monsieur parlait de notre voyage. Chaque fois il répétait :

— Vous voyez, Laubier, il y a quelque chose, une grande force qui m'a barré la route pour m'empêcher d'aller jusqu'à Aulnois.

Et il regardait le ciel avec un air désolé.

Puis, deux semaines avant Noël, un matin que j'étais en train de me battre avec le gros fourneau de l'entrée, Monsieur est descendu en robe de chambre, beaucoup plus tôt que d'habitude. Il est entré dans la cuisine où se trouvaient la patronne et ma femme.

— Tu es fou ! a crié Madame. Il ne fait pas encore assez chaud pour que tu te lèves.

— Je vais remonter, mais je veux que tu appelles Marseille tout de suite.

— Marseille ?

— Qu'est-ce que ça a d'extraordinaire ? C'est mon dernier Noël. Je tiens à ce que tous mes petits soient là. La femme et la fille de Régis comme les autres.

— Mais tu sais bien qu'elle passe toujours Noël avec ses parents, elle ne va pas les laisser tout seuls...

Monsieur l'a interrompue, presque brutal :

— Je m'en fous ! Ses parents ne sont pas à l'article de la mort. Ce ne sont pas des lumières, mais ils doivent être capables de comprendre ça !

Madame semblait fort embarrassée. Elle a dit plusieurs fois :

— Vraiment... Vraiment...

Puis, comme Monsieur reprenait l'escalier, elle est sortie de la cuisine pour lui demander s'il ne préférait pas appeler lui-même. Il s'est retourné, comme fouaillé :

— Moi ? Mais tu me vois, expliquant : Je vais claquer. Venez me voir !

Il a monté deux marches, puis s'est arrêté pour se retourner. Regardant Madame qui restait indécise au pied de l'escalier, il a ajouté d'un ton moins raide :

— Si tu ne veux pas le faire, que ta fille s'en occupe. Entre jeunes femmes...

Trois marches encore avant de lancer sans même se retourner :

— D'ailleurs, si elle ne veut pas laisser ses parents seuls, qu'elle les amène. Ils ne sont pas plus remuants que des valises.

35

Les jours très courts s'écoulaient presque sans heurts. Le médecin passait souvent. Je pense que Madame avait dû aller le voir en cachette. Il s'asseyait un moment près de Monsieur, dans le petit salon. Ils devaient s'entretenir de choses et d'autres. Je les voyais lorsque j'allais recharger le fourneau.

Une fin d'après-midi, le docteur est arrivé alors que je me trouvais dans le hall d'entrée où le feu tirait mal. Monsieur était en train de remonter la pendule du petit salon. Il a salué le médecin :

— Vous permettez que je finisse ?

Une fois cette tâche terminée, il a été obligé de s'asseoir et je l'ai entendu qui disait :

— Celle-là, je claquerai sans être parvenu à la régler tout à fait. Elle prend toujours un peu de retard. Elle ne doit pas être pressée de me voir m'en aller.

Je n'ai pas saisi la réponse du docteur, qui devait tourner le dos à la porte de communication. Monsieur a repris :

— Si je calcule convenablement, en admettant qu'il me reste en gros un an et demi à vivre, je dois avoir à la remonter à peu près soixante-dix fois... septante fois, comme disait ma mère. C'est vite passé !

J'ai été obligé de m'en aller. Demeurer à écouter alors que j'en avais terminé avec le poêle n'eût pas été convenable. Je suis donc sorti par la cuisine avec mes paniers à bois vides. D'ailleurs, je n'aurais rien appris de neuf. Monsieur semblait s'habituer à l'idée de son départ.

A certains moments, j'avais presque l'impression qu'il commençait à se détacher de ses biens. Il demandait parfois :

— Tout ça, où est-ce que ça ira ? Et quelle importance ?

Cependant, un jour, j'ai pu constater qu'il était encore très accroché à son avoir. Comme nous parlions de Noël, il m'a dit :

— J'aimerais qu'on jette un coup d'œil au grand salon, Laubier, comme les enfants vont y aller, il y a sûrement des choses à mettre à l'abri.

Il m'a précédé. Il faisait grand jour mais comme les volets étaient fermés et les rideaux tirés, Monsieur a allumé la lampe sur pied qui se trouve tout près de la porte. Elle laisse des recoins dans l'ombre. Faisant le tour de la pièce, il s'est approché de la grande cheminée de marbre où est la pendule dorée qu'on ne remonte jamais. D'un coup, il s'est figé sur place :

— Nom de Dieu ! Mes boutons de mandarins ! Qui est venu ici ?

— Personne, Monsieur.

— Les ramoneurs ?

— Je ne les ai pas quittés une minute !

— Enfin, mes boutons de mandarins ne se sont pas envolés, nom d'une pipe... Appelez Marthe. Et Madame... Il y en avait vingt-sept... magnifiques. Ça vaut une fortune !

Je me souvenais bien de ces petits objets en ivoire sculpté et gravé. Comme je retournais vers la porte, mon soulier a heurté quelque chose de dur qui est allé cogner contre le pied d'un petit fauteuil. Je me suis précipité pour le ramasser.

— J'en ai un, Monsieur.

— Comment ça, par terre ?

— Sur le tapis, Monsieur.

Son visage s'est détendu. Il s'est baissé.

— Allumez le grand lustre.

J'ai allumé et nous nous sommes mis à chercher. En dix minutes nous avons tout retrouvé. Monsieur jubilait. Les installant de nouveau sur le marbre, il disait :

— Je sais qui est coupable. L'autre jour que j'étais seul, j'ai entendu du bruit. Je suis venu voir. La porte était restée entrouverte. Quand je suis entré, la chatte m'a filé entre les jambes. Sacrée petite garce, va, c'est elle qui m'a fait ce coup-là... ça devait être très amusant de pousser ces petits machins et de les faire tomber.

Il a repris son souffle avant d'ajouter :

— Tout de même, mon bon Laubier, quelle émotion ! quelle émotion !

Il a encore contemplé sa collection, puis, avant de continuer son tour du salon, il a ajouté :

— Ça fait partie de ce qu'il vaut mieux ne pas laisser là. D'ailleurs, ces objets si petits et si précieux seraient bien mieux dans une vitrine. Faites-moi penser d'en parler à Madame.

C'était bien vrai qu'il demeurait encore très soucieux de sa fortune. Mais il paraît que tous les vieillards sont ainsi. Enfin, ceux qui possèdent des biens précieux.

36

Oui, Madame est bien allée voir le Dr Rivaudin chez lui. Elle en a parlé à ma femme qui a essayé de m'expliquer un peu mieux ce qu'était cette terrible maladie de Bright :

— Il paraît que ça a bardé. Rivaudin s'est fait secouer d'importance. Tu sais comme elle peut être dure quand elle veut. Une chose est sûre en tout cas : il n'y a rien à faire. C'est une sorte de néphrite chronique. Ça peut venir de très loin et mettre des années à se déclarer. Un mal de gorge mal soigné quand il était tout gone... On peut tous traîner ça.

— C'est incroyable. Et personne n'en parle.

— Il paraît que c'est très rare. Une question d'albumine. De l'urée, je crois. Sa tension va encore augmenter. Déjà qu'il ne mange presque plus rien !

Nous sommes restés un long moment à nous regarder. Consternés. Un peu comme si, jusqu'à cet instant, nous avions dissimulé au fond de nous une petite lueur d'espoir qu'on nous enlevait.

La chatte est arrivée à ce moment-là. Elle a sauté sur la fenêtre qui se trouve au-dessus de l'évier et Marthe lui a ouvert.

— Viens, ma Moune.

Elle s'est frottée aux jambes de Marthe avant de monter sur mes genoux. Son beau poil noir était mouillé. Je l'ai caressée.

— Ma pauvre Moune, qu'est-ce que tu vas devenir quand ton maître ne sera plus là ?

Elle se dressait contre ma poitrine et frottait son nez froid contre mon menton. Marthe a remarqué :

— On dirait qu'elle comprend.

— Les bêtes sentent la souffrance mieux que nous...

— Le docteur prétend que ce n'est pas trop douloureux. Mais il va être de plus en plus essoufflé. Il finira sans doute par ne plus pouvoir marcher. Les analyses ont révélé qu'il ne lui reste plus que deux millions de globules rouges au lieu des cinq qu'on a normalement.

Là, Marthe s'est arrêtée. Elle a eu un sourire triste pour ajouter :

— Et tu sais ce qu'il a répondu au docteur quand il lui a parlé de ça ? « Enfin, je suis encore millionnaire, quoi ! On me l'a assez reproché... » Tu te rends compte ?

— Et c'est Rivaudin qui a répété ça à Madame ? Il aurait mieux fait de se taire.

— Je ne le crois pas méchant. Il l'a sûrement dit pour montrer que Monsieur peut encore plaisanter, même sur son mal.

Marthe s'est remise à sa cuisine. Il arrivait midi moins le quart, il pleuvait et je ne voulais pas déranger la chatte qui venait de se pelotonner sur mes genoux et qui ronronnait. Je suis donc resté à réfléchir.

Je n'ai jamais beaucoup fréquenté les gens du village, mais j'en connais tout de même un certain nombre. Et puis, depuis que mon fils a repris la forge, il voit défiler bien du monde. Quand plusieurs hommes se trouvent là pour faire ferrer, ils parlent. Et il est vrai que nos patrons sont critiqués. Ils sont les gens les plus riches du pays. Ils ne travaillent pas. Ils ont la plus belle maison, c'est bien assez pour qu'on ne les aime guère, même s'ils font beaucoup de bien autour d'eux. Naturellement, le plus gros reproche qu'on leur fait, c'est d'avoir gagné beaucoup d'argent durant la guerre de 14, en fabriquant des vélos pour l'armée, des pièces pour les camions militaires et même des obus. Mais, moi qui me suis battu pendant quatre ans dans la boue, j'estime que mon patron a raison quand il dit que si personne n'avait fabriqué des munitions et du matériel pour l'armée, les Boches auraient eu beau jeu. C'est vrai qu'il risquait moins dans son usine que dans les tranchées, mais il dit qu'il a travaillé dur et passé bien des nuits à son bureau d'études.

Au moment où, après l'armistice de 40, on a inscrit les morts sur les monuments, ça a fait toute une histoire avec le nom de leur pauvre fils. Le conseil a voté et il y a eu une majorité contre. Parce que Régis n'habitait plus là. Pourtant, il n'y avait qu'un seul nom à graver. Ça en aurait fait deux. C'était pas plus mal pour le village.

Et moi, je pense toujours au départ du lieutenant. En septembre 39. C'est un moment de ma vie que je ne risque pas d'oublier.

Peu de temps avant la mobilisation, si je me souviens bien c'était le 24 août, un soir où il faisait une chaleur lourde pleine de menaces d'orage, Madame me dit :

— Monsieur vient d'appeler, il est à Lyon, il attend M. Régis qui remonte du Midi et débarque à Perrache vers dix-neuf heures. Vous allez prendre Monsieur au Café Neuf. Il a l'heure exacte du train, vous irez à Perrache avec lui.

Je suis parti. J'étais heureux à l'idée de retrouver le petit Régis qu'on ne voyait plus très souvent. Depuis son mariage, il habitait Lyon et il était très pris par son travail d'avocat. J'étais à cent lieues d'imaginer ce qui m'attendait.

Je prends donc la voiture, je me rends à Lyon où je trouve Monsieur au Café Neuf où il allait souvent retrouver des amis. Là, il était rentré de Paris le jour même, et il avait acheté un tout petit tableau qui, paraît-il, coûtait une fortune, et qu'il était en train de montrer à deux personnes. C'était peint sur un vieux bout de planchette. Je n'en aurais pas donné trois sous. Nous sommes allés à la gare où nous avons cueilli M. Régis. Dès qu'ils ont été dans la voiture, Monsieur a dit à son fils :

— Cette fois, ça y est. Nous n'y coupons pas !

— Rien n'est certain, papa. Le pape vient de lancer un appel en faveur de la paix.

— Hitler se fout pas mal des appels du pape !

— Peut-être, mais le roi des Belges et Roosevelt en ont lancé aussi. Il peut se foutre de la Belgique, mais des Etats-Unis, ça m'étonnerait.

— Mon pauvre petit, tu es plein d'illusions. En tout cas, j'ai de bonnes nouvelles pour toi.

Je conduisais, mais je ne perdais pas un mot de ce qui se disait derrière moi. A la voix de Monsieur, je sentais qu'il était inquiet. Le fils a fait simplement :

— Ah !

— Dominique Riotard te prend dans son usine.

Régis a éclaté de rire en répliquant :

— Riotard ? Mais il fabrique des moteurs électriques !

— Et des pièces pour l'aviation, oui.

— Mais mon pauvre papa, je suis docteur en droit, je ne suis ni ingénieur ni même ouvrier électricien !

Là, la voix de mon patron s'est tout de suite faite tranchante :

— Ne fais pas l'imbécile, Régis. Les affectés spéciaux ne sont pas tous des spécialistes. En 14, j'ai sauvé Riotard de la mobilisation en le prenant dans mon usine. Lui et quelques autres qui n'étaient pas spécialistes du tout.

— Mais papa, je ne veux être sauvé de rien.

J'ai entendu mon patron claquer sa main sur son genou. C'est un geste qu'il fait quand il est vraiment en colère.

— Je te dis de ne pas faire l'idiot, Régis. Quand on a un enfant à élever, on ne prend pas de risques imbéciles...

— On les laisse prendre aux autres.

La voix de Régis témoignait toujours d'un calme parfait. Celle de son père, au contraire, était de plus en plus vibrante de rage. Je le connais bien, c'est un homme qui se met rarement en colère, mais lorsqu'il éclate vraiment, ça peut être terrible. Il a crié :

— Régis, tu es un imbécile ! Tu es prêt à

crucifier ta pauvre mère, à laisser ta femme et ta gosse ! Tu n'as pas le droit, tu m'entends. Pas le droit !

Il y a eu un silence. Dans mon rétroviseur, j'arrivais à voir le beau visage bronzé du garçon. J'aurais aimé lui crier que son père avait raison, qu'il ne pouvait pas imaginer ce qu'était la guerre et ce qui l'attendait, mais je n'osais pas. Toujours aussi calme, il a dit doucement mais d'un ton très ferme :

— Le droit que je n'ai pas, papa, c'est d'envoyer un pauvre type qui n'a personne pour l'aider à s'embusquer se faire tuer à ma place.

Fini ! Jusqu'à la propriété, ils n'ont plus échangé un seul mot. Rien. Un terrible silence dont je sentais le poids.

Durant les jours qui ont suivi, j'ai encore quelquefois perçu l'écho de leurs disputes. Madame a beaucoup pleuré. Avant que sa femme et sa fille ne rentrent à leur tour du Midi où il savait qu'il ne pourrait plus les rejoindre, un jour qu'il se promenait seul dans le parc, M. Régis est venu me parler. Ça devait être le 31 août.

— Ça y est, mon pauvre Augustin, la Pologne mobilise.

— Je sais, Monsieur. La guerre, c'est terrible...

Il m'a interrompu :

— Vous en êtes revenu, Augustin. Eh bien, j'en reviendrai aussi.

Et il est parti en fredonnant une marche militaire.

37

Noël tombait un samedi. Je savais que le vendredi, en fin d'après-midi, je devais me rendre à Lyon pour attendre, à la gare, Mme Martinon, la veuve du lieutenant, qui arrivait avec sa fillette. A midi, Madame m'a fait savoir qu'elle viendrait avec moi car il lui manquait, pour sa table de réveillon, des choses qu'elle devait acheter. Nous sommes donc partis tout de suite au début de l'après-midi.

Durant le déjeuner, j'avais entendu annoncer à la radio que les communistes venaient de bombarder le port de Salonique. Pour moi, Salonique était un nom lié à l'autre guerre. Je n'y étais pas allé, mais nous en avions entendu parler souvent. Je connaissais des gens qui s'y étaient battus. Certains en étaient revenus avec les fièvres. D'autres y étaient restés, bien entendu.

J'ai donc conduit Madame dans deux quartiers différents. Elle est sortie des magasins avec quelques paquets, mais j'ai compris qu'elle avait dû prendre ce prétexte pour venir à la gare et pouvoir parler à sa belle-fille avant son arrivée à la maison. Je suis persuadé que Madame n'a jamais aimé cette grande fille solide et saine. Elle lui en veut sans doute beaucoup plus que Monsieur de n'être pas née chez des gens fortunés.

Moi, je l'aime bien. Elle a toujours été très aimable avec Marthe et avec moi. Elle se comporte parfois comme si elle se sentait gênée d'être servie par des gens plus âgés qu'elle.

Depuis la mort de son mari, elle n'était revenue que trois fois avec sa petite Lydie, une enfant très bien éduquée.

A la sortie de la gare, parce que la veuve du lieutenant est grande, je l'ai repérée tout de suite de loin :

— Les voilà !

J'ai levé la main. Dès que la petite nous a vus, elle s'est précipitée dans les bras de sa grand-mère qui disait :

— Doucement, doucement, tu vas me faire tomber, ma chérie.

Puis elle est venue m'embrasser comme si j'avais été son parent. Sa maman aussi est venue à moi :

— Je vous embrasse, monsieur Laubier. Votre femme va bien ?

Je sais que le fait qu'elle dise M. Laubier et

Mme Laubier a toujours beaucoup agacé la patronne. Je n'y suis pour rien. Ça me gêne même un peu.

La voyageuse n'avait qu'une valise pas très lourde et un sac en tissu. J'ai mis la valise dans la malle. Elle a voulu garder le sac avec elle en disant :

— Ce sont les cadeaux, il y a du fragile.

La petite Lydie est montée devant à côté de moi en promettant :

— Je resterai au fond de mon siège. C'est grand-père qui me l'a appris : toujours au fond du siège, les enfants sages.

Elle riait. A l'arrière, les deux femmes sont restées un moment silencieuses, puis Madame a parlé de la maladie de Monsieur et de notre voyage. Et j'ai appris ainsi qu'elle avait écrit à sa belle-fille pour lui annoncer le retour du corps. Elle ignorait toujours la date mais pensait que ce pourrait être pour mars.

38

Triste fin d'année. Nous avons bien senti que, malgré la présence des enfants et les efforts que tout le monde faisait pour rendre plus gaie cette soirée de réveillon et ce jour de Noël, la tristesse écrasait la maison. Nous étions là, ma femme et moi, pour assurer un service convenable et faire que les pièces soient toutes chaudes, mais il semblait que l'absence du lieutenant pesait davantage encore que les autres années. Dans le salon, Madame avait fermé le piano et fait disparaître toutes les partitions. Le repas de réveillon terminé, on nous a donné nos cadeaux, à Marthe et à moi, puis Madame nous a conseillé d'aller nous reposer. M. Vallier a ajouté que s'il y avait à remettre du bois dans les poêles, ça l'amuserait de le faire.

Nous sommes partis en remerciant, persuadés que notre présence les gênait pour être tristes en famille.

De retour à la maison, nous avons ouvert nos paquets. Nous étions très gâtés, comme toujours. Et les cadeaux qui nous ont touchés le plus sont deux statuettes en terre modelées par la petite Lydie.

Le lendemain, les Vallier sont partis dès après le repas de midi. Et j'ai été ému de voir Monsieur avec la petite Lydie. Il l'avait fait monter dans son bureau. Assise sur ses genoux, elle regardait avec lui des albums de photographies. Elle y voyait son papa à tous les âges. Monsieur expliquait. Il avait une minuscule voix frêle, qu'on sentait comme usée.

Le 26 décembre, je suis allé reconduire Odette et sa fille à la gare. Madame avait tenu à venir. Au retour, dans la voiture, elle n'a dit que ceci qui est resté gravé en moi :

— Mon pauvre Augustin, je n'aurai plus jamais de vrai Noël !

Le retour dans la grande maison vide fut sinistre. Monsieur avait repris sa place au petit salon, près du guéridon aux souvenirs.

A côté du portrait du lieutenant, on avait posé un gros médaillon en terre cuite le représentant avec son képi sur la tête. C'était le cadeau de Lydie à ses grands-parents.

Sa chatte sur les genoux, Monsieur fixait la porte et, à travers les vitres, la fuite de l'allée. Entre les platanes demeuraient quelques restes de neige sale. Le ciel était lourd de grisaille. L'air immobile attendait une autre chute de neige qui ne se décidait pas à venir.

Elle s'est mise à tomber le matin du premier de l'an, alors que je venais d'allumer le feu du grand salon. C'était une tradition. Ce jour-là, les enfants ne venaient pas. Avant la guerre, ils partaient à la montagne dès après Noël. Le 1er janvier était réservé aux amis. A cette époque-là, il y avait toujours au moins une vingtaine de personnes à table pour un déjeuner qui nous demandait trois jours de préparation. Durant l'Occupation, faute de nourriture et de moyens de locomotion, les gens avaient cessé de venir. Après la Libération, les visites avaient repris, moins nombreuses et seulement à l'heure du thé. Chaque année, le patron faisait le compte des morts et constatait avec un sourire triste qu'il avait beaucoup moins de connaissances dans ce monde que dans l'autre. Il ajoutait toujours pour moi :

— Vous verrez, mon petit, quand on en arrive là, on regarde la vie d'un tout autre œil.

Moi, je n'ai jamais osé lui faire remarquer que, le 11 novembre 1918, j'avais essayé de dresser le compte des gens de mon âge que j'avais connus au début de la guerre et de ceux qui dormaient sous la terre. Il y avait, sur l'effectif de mon régiment, beaucoup plus de morts que de vivants. Et pourtant, je n'avais que vingt-six ans.

Ce premier de l'an, mon fils et sa femme sont venus déjeuner avec nous. Le sachant, Madame nous avait donné une bouteille de très vieux bordeaux et une de champagne. Elle nous avait confié :

— Il ne faut pas que notre détresse retombe sur tous ceux qui nous sont proches.

Le matin, lorsque je suis allé faire la tournée des feux, les patrons étaient déjà levés tous les deux et prenaient du thé dans le salon. Je leur ai présenté mes vœux. Ils m'ont souhaité bonne année. Monsieur m'a donné une enveloppe où étaient quelques billets de banque. Comme j'expliquais que je n'étais pas venu plus tôt pour ne pas les déranger, Monsieur a souri :

— L'avenir est à ceux qui se lèvent tôt. Vous voyez, mon petit, si l'adage se vérifie, je n'ai pas fini de vous faire des misères.

Il avait l'air gai. J'ai dû en paraître étonné car il a ajouté :

— Je suis comme les chats, la neige me rend fou.

En effet, la chatte venait de sortir en courant et les premiers flocons commençaient de tomber.

39

Durant tout le mois de janvier, la maison est restée assoupie au milieu de son parc où de très beaux brouillards stagnaient sur des plaques de neige. Le givre revenait souvent. Les vents continuaient de souffler de l'est et du nord. Ils polissaient le ciel où les arbres montaient clair avec des pétillements.

Je m'étais mis à débiter deux gros pins qu'une tempête avait fait tomber au printemps. Un travail très dur car le bois ligneux était comme vrillé. Les coins y entraient lentement, mais ils n'écartaient presque rien et j'avançais centimètre par centimètre, freiné encore par les nœuds très nombreux. Comme j'étais sur la hauteur, assez loin de la maison, c'était ma femme qui s'occupait des feux. Je voyais fumer les deux cheminées, celle de la cuisine et celle du petit salon. On ne chauffait plus que ces deux pièces et, vers six heures du soir, le bureau de Monsieur pour que tiédissent sa chambre et sa salle de bains. Je pensais, en dominant ainsi la maison, le parc, le verger, le potager, les garages et notre propre demeure, au temps où tout vivait. J'avais connu cela avec quatre domestiques et un va-et-vient constant de parents ou d'amis.

Là, c'était le silence parfait. L'immobilité et ces deux cheminées avec leur fil gris qui filait au ras de la toiture. La nôtre aussi fumait, mais je savais que la maison était vide.

Entre les arbres, à certaines heures, je devinais le miroitement du fleuve qui venait, pour quelques heures, de se débarrasser de ses brouillards.

Tout janvier a coulé ainsi. Mon bois scié et fendu, j'ai dû le descendre à la brouette et l'empiler dans le bûcher. Lorsque j'ai annoncé à mon patron que ce travail était terminé, il m'a répondu :

— Ce bois, ce n'est pas moi qu'il réchauffera.

Le 2 février, je me souviens bien de la date, c'était un mercredi, des nouvelles sont arrivées : le retour du corps était prévu pour le 24. Madame a semblé satisfaite :

— C'est très bien. La cérémonie se fera le 25, qui est un vendredi.

Dès le lendemain, je l'ai conduite à Lyon, chez le curé d'Ainay, à la mairie du IIe arrondissement, à l'archevêché, aux pompes funèbres. Nous sommes partis à neuf heures. A midi, nous avons déjeuné chez sa fille où il y avait d'autres personnes. J'ai mangé à la cuisine avec la bonne qui est une grosse Bressane très joviale, plus bavarde que n'importe quelle pie. Elle a vingt-sept ans et, en dix minutes, je savais tout sur elle, ses parents et ses amis. Elle m'a questionné sur mes patrons. Je n'aime pas ça. Voyant que je n'étais pas très chaud pour parler d'eux, elle s'est mise à me parler des siens. Elle n'est embauchée que depuis quatre mois, mais elle en sait bien plus que moi sur M. Vallier, son usine et ses activités. J'ai été étonné qu'elle ne me donne pas le numéro de son compte en banque et le montant de ses avoirs. Elle m'a raconté qu'il monte une centrale électrique pour faire tourner ses machines et qu'il produira tellement de courant qu'il en vendra aux Italiens. Elle a un tel besoin de parler qu'elle invente n'importe quoi pour se rendre intéressante. Je lui ai répété au moins dix fois que tout ça ne me regarde pas, elle n'a pas compris. Je trouve que, de nos jours, les domestiques ne savent plus rester à leur place.

Je n'ai rien dit de tout cela à Madame qui risquait de piquer une sacrée belle colère et de faire foutre cette fille à la porte. Ce que, soit dit en passant, elle n'aurait pas volé.

L'après-midi, nous avons continué notre périple. Il s'était mis à pleuvoir. Les rues très sales regorgeaient d'eau. Nous sommes revenus à nuit noire.

Comme Madame avait fait quelques achats, je suis entré à la maison avec elle pour y déposer ses paquets. Monsieur lui a demandé si elle avait pu tout faire. Elle a dit :

— Je n'ai pas pu aller chez l'imprimeur. Claudine va s'en charger.

— Mais il me faut absolument une épreuve. Et je tiens à voir le papier.

— Bien sûr, elle t'apportera tout ça.

— Il faut t'en assurer. On ne peut pas faire n'importe quoi. En tout cas, ne la laisse pas décider pour nous.

— Ne t'inquiète donc pas !

J'ai beau être à son service depuis des années, Monsieur m'étonnera toujours. Même au point où il en est, il faut qu'il ait l'œil sur le moindre détail. Il se fait du souci pour des choses qui, à nous, nous sembleraient sans importance. Je ne sais pas combien il existe de mondes différents, mais j'en vois au moins deux, celui de nos patrons et le nôtre. Ça ne fait que se confirmer à mesure que les années passent. Et je me demande si le vide qui sépare ces deux mondes n'est pas en train de s'élargir.

40

Jusqu'au jour de la cérémonie, on n'a guère parlé que de cela. Jamais je n'avais vu mon patron dans un pareil état d'excitation. Le docteur a été appelé deux fois. Il n'a pu que lui ordonner des calmants.

Quand j'allais vider les cendres de son mirus ou porter du bois, le patron me parlait de ce retour de son fils. Et puis, un matin, trois ou quatre jours avant la date prévue, il m'a dit :

— Laubier, vous qui avez enterré tant et tant de copains durant l'autre guerre, ça doit vous sembler grotesque, tant d'histoires pour cette cérémonie. Vous n'en faisiez pas tant à Verdun.

— Ce n'était pas la même chose, Monsieur.

— Pourtant, un soldat qui meurt, c'est toujours un soldat qui meurt.

Je ne savais vraiment pas quoi répondre. Je sentais bien que le moindre mot malheureux risquait de le blesser cruellement. Comme il insistait, j'ai simplement fini par expliquer :

— Vous savez, Monsieur, à Verdun, c'était souvent un obus qui enterrait les morts... Les morts et les vivants, d'ailleurs... Et puis, d'autres fois, c'était aussi un obus qui en déterrait.

Une semaine avant le 24, le patron m'a dit :

— Le jour où nous serons absents, il faudrait que votre fils vienne garder.

— Mais Monsieur, il veut venir à l'église aussi.

— Seigneur, ce n'est pas possible ! Comment voulez-vous que je trouve un autre homme de confiance pour faire garder ? Jamais je n'y parviendrai, c'est trop court !

Il semblait tellement effrayé par cette perspective de laisser la propriété sans gardien durant quelques heures que, très vite, je l'ai rassuré :

— Écoutez, Monsieur, ne vous faites pas de souci, il viendra. Il aimait tellement M. Régis que ça ne lui paraissait pas possible de ne pas assister aux obsèques, mais puisque vous le demandez, il viendra ici. Il sera avec nous par la pensée.

Je me suis rendu compte que je lui enlevais un poids énorme. Et, une fois de plus, j'ai été surpris. Moi, il me semble que si on enterrait mon enfant, je me foutrais pas mal de mon mobilier ! Il est vrai que je ne possède pas de trésors. Ceux qui viendraient me cambrioler n'emporteraient rien de bien précieux.

A la même époque, est venu un capitaine de cavalerie. Il était dans une voiture conduite par un brigadier. Je l'ai fait entrer dans le petit salon où il n'est resté qu'une vingtaine de minutes. Peu après son départ, je suis allé recharger les feux. Il était assez tard dans l'après-midi mais on n'avait pas encore allumé la lampe. Une clarté d'eau trouble baignait le petit salon. Monsieur se tenait debout, immobile devant le guéridon aux souvenirs. J'ai chargé le feu en évitant de faire du bruit puis je suis allé à la cuisine. Madame s'y tenait seule sous la lampe, assise devant la table. Elle fouillait parmi des boutons étalés sur le bois luisant. Elle m'a confié d'une voix sourde :

— Cet officier est venu prendre nos instructions pour la cérémonie. Je pense que ce sera très convenable.

J'ai approuvé. Comme j'allais sortir avec un panier à bois vide, elle s'est levée en disant :

— Tenez, Augustin, Marthe n'a pas vu que le sucrier est vide. J'ai voulu attraper un carton de sucre, mais je suis trop petite. Voulez-vous le faire ? Il n'y a plus que la réserve de la salle à manger.

— Mais bien entendu, Madame.

— Venez. Je vais vous montrer où il est.

Nous sommes allés dans la grande salle à

manger et Madame a ouvert le placard qui se trouve presque dans l'angle nord. Sur le rayon du haut, il y avait trois piles de cartons qui se trouvaient là depuis les débuts de la guerre. Je suis monté sur le tabouret que j'avais apporté de la cuisine. J'ai pris un carton. Il était très léger.

— Passez-le-moi.

— Mais, Madame, il a l'air vide.

— Vide ?

Elle l'a pris. Il ne contenait que quelques crottes de souris. Au fond, il y avait un seul trou bien rond.

— Ça alors ! Ça alors !

J'ai descendu tout le reste. Vingt-trois cartons en tout. Et pas une miette de sucre. Madame était en rage.

— Surtout, pas un mot à Monsieur. Quand je pense qu'on s'est tant privés pendant quatre ans sans toucher à cette réserve !

De retour à la maison, quand j'ai raconté ça à ma femme, elle a soupiré :

— Il y a des fois une morale !

Je n'ai rien répondu, mais je ne l'approuve pas.

41

Enfin, le grand jour est arrivé ! Je dis enfin parce que nous l'attendions vraiment, ce jour terrible. Il pesait sur la maison une telle angoisse, tant de fébrilité que nous avions fini, Marthe et moi, par penser que cette cérémonie nous apporterait un énorme soulagement.

Le 24, j'ai conduit mes patrons à Lyon car ils tenaient à être là lorsque le corps serait déposé dans l'église. J'avais revêtu mon costume sombre. Monsieur et Madame étaient en noir. Au début de l'après-midi, alors que je donnais un coup de torchon à la voiture, j'ai entendu qu'ils se chamaillaient. Monsieur était déjà tout habillé, son chapeau sur la tête, son manteau, son écharpe, sa canne à pommeau d'argent à la main, il voulait partir tout de suite. Madame s'y opposait en prétendant qu'il allait prendre froid dans l'église sans chauffage.

— Si seulement on pouvait m'enterrer en même temps que lui !

Je l'avais souvent entendu répéter ces mots, mais jamais d'une telle voix ; jamais sur un ton de si grande conviction.

Nous sommes partis à deux heures et demie. Il faisait un beau soleil. Tout sentait déjà l'approche du printemps. Le patron assis à côté de moi dans l'Hotchkiss semblait écrasé. Son visage blême faisait de plus en plus penser à une tête de mort. Le regard rivé à la route qu'il ne devait pas voir, il demeurait muet. Fini le temps où il me dictait mes gestes pour la conduite de la voiture. Il était là, et il n'était plus rien. Ses mains gantées de gris reposaient sur le pommeau de sa canne plantée entre ses genoux pointus. Je ne pouvais pas m'empêcher de penser que je transportais un cadavre.

Quand nous sommes arrivés à l'église, elle était vide. Plongée dans le silence de ses lourdes pierres. Un vitrail laissait filer un rai de lumière. Dans l'allée centrale, il y avait deux tréteaux et, près du maître-autel, des gerbes et des couronnes alignées. Mes patrons sont allés les examiner de près. Je suis resté en retrait, dans l'attente. Ensuite, ils sont allés s'asseoir à hauteur des chevalets vides. Nous avons patienté ainsi plus d'une heure. Des femmes entraient, s'agenouillaient un moment puis s'en allaient.

Enfin, le curé est arrivé, qui s'est tout de suite dirigé vers les patrons. Puis deux hommes ont ouvert le grand portail et d'autres sont entrés avec un cercueil de bois roux qui luisait. Ils l'ont placé sur les chevalets. Un lieutenant de cavalerie en képi noir aidé par un brigadier a étendu sur cette bière aux poignées d'argent un grand drapeau tricolore. Deux soldats, de chaque côté, se tenaient au garde à vous, l'arme au pied.

J'étais assez loin mais, de ma place, j'entendais comme une plainte d'un petit animal. J'ai très vite compris que c'était Monsieur qui pleurait. Alors, deux images se sont mêlées dans ma tête : j'ai vu mon patron en uniforme couché dans ce cercueil à la place de son fils, et, en même temps, tous les vieux morts de Verdun dans les cercueils de bois blanc. Tout était charrié par les camions de la Voie sacrée amenant par milliers des soldats qui allaient mourir aussi.

42

Il y avait peu de monde à cette arrivée du corps, l'église était si sombre et je me tenais tellement en retrait que je n'ai vu qu'après Claudine Vallier et la veuve du lieutenant. M. Vallier n'était pas là. Ni les enfants. A la sortie de l'église, j'ai tout de suite compris que Monsieur n'était pas bien. Madame m'a crié :

— Augustin, vite, la voiture !

J'ai bondi, la voiture était à moins de cent pas de là et je l'ai rapidement amenée devant le porche. Soutenu par la veuve du lieutenant et par Madame, Monsieur, dont les jambes semblaient se dérober, s'est assis à l'arrière. Claudine m'a dit :

— Chez moi en vitesse, je vous précède.

La veuve du lieutenant est montée à côté de moi et j'ai démarré pour suivre la voiture de Claudine Vallier. De sa voix à peine audible, le souffle près de s'éteindre, Monsieur disait :

— Pas chez ma fille... A la maison... A la maison, Laubier. Ecoutez-moi... Ne me trahissez pas...

— Tais-toi donc. Tu vas te reposer. Allez, Augustin, suivez ma fille !

J'étais dans un grand embarras, mais je sentais que mon patron risquait de passer. Le mieux était sans doute d'aller au plus court.

Pour monter chez Mme Vallier, les jambes de Monsieur ne le portaient vraiment plus. J'ai dû le prendre dans mes bras comme un enfant. Et il n'était sans doute guère plus lourd qu'un gamin de dix ans. Il se cramponnait à mon cou et à mon bras. Il gémissait :

— Quelle honte !... Pauvre Laubier, quel spectacle je donne !

Mais son souffle était si court que je devais être seul à l'entendre.

Claudine avait bondi devant pour ouvrir. Le chapeau de Monsieur avait basculé et lui cachait presque complètement un œil. Sa fille a tenté de plaisanter :

— Tu as l'air d'un pochard, mon petit papa.

Monsieur sanglotait :

— Ton papa, il est foutu... Foutu.

— Venez là, Augustin. Venez...

Nous avons pris le large vestibule qui conduit aux chambres. Je suis entré dans celle dont Claudine venait d'ouvrir la porte.

— Sur le lit.

J'ai allongé mon patron. Là encore, en même temps que je le regardais avec son chapeau roulant par terre, je voyais les gars de vingt ans que j'avais, de la même manière, portés dans mes bras. Mais c'était dans la boue que je les avais déposés, dans la boue où ils allaient mourir. Et bon nombre d'entre eux étaient morts en appelant leur mère.

Monsieur a encore un peu tenté de protester et demandé à rentrer chez lui, mais ses forces le trahissaient. Nous l'avons laissé tranquille un moment. Il y avait, dans le même immeuble, un médecin qui est venu très rapidement.

Lorsqu'il est sorti de la chambre, il a dit :

— Qu'on le laisse reposer. Ça devrait aller. J'ai fait ce qu'il faut.

Madame est sortie à son tour et m'a dit d'entrer. Monsieur m'a saisi la main et s'y est accroché en soufflant :

— Merci, mon petit. Je compte sur vous pour la maison. Et votre fils... demain. Allez... Allez vite... Ce soir, couchez dans la maison... Promis ? Vous savez où sont les armes.

43

Lorsque je suis sorti de chez les Vallier, la nuit était venue. J'ai repris la voiture et je suis rentré seul.

Jamais je ne m'étais senti aussi peu à mon aise. Bien sûr, le malaise dont mon patron avait été victime y était pour beaucoup, mais il me semblait qu'autre chose me troublait. C'était une sensation vague. J'aimais beaucoup cet homme qui avait toujours été bon pour moi. Ma vie avait vraiment été liée à la sienne et à celle de ses proches. Ma femme et mon fils éprouvaient pour eux les mêmes sentiments que moi, mais assez souvent Marthe m'avait dit combien elle était irritée par cet amour de l'argent et de tous les biens matériels qu'elle sentait chez Monsieur. Je m'étais toujours élevé contre ce jugement que j'estimais déplacé. Nous étions heureux. Bien logés. Payés convenablement. Nous n'avions pas à juger nos patrons. Chez nous, il en avait toujours été ainsi. Mon père qui était pauvre n'admettait pas que l'on critique les riches uniquement parce qu'ils sont riches.

Pourtant, ce soir-là, en roulant seul dans la nuit, il me semblait qu'au cours de cet après-midi, j'avais éprouvé pour Monsieur quelque chose qui, sans doute, était de la compassion, mais où se mêlait un petit brin d'écœurement. A la porte de la mort, pleurant son fils tué à la guerre, il tremblait encore pour son argent.

De retour à la propriété, j'ai bouclé le portail et je suis monté à la maison, la grande, celle des maîtres. Tout était éteint, sauf la cuisine où Marthe se tenait. Elle avait préparé le repas pour les patrons. J'ai raconté ce qui s'était passé mais sans aucune allusion aux propos qui m'avaient heurté. Marthe a soupiré :

— Quelle tristesse !... mais je suis bien certaine qu'avec tout ça, il doit encore se faire de la bile pour ses tableaux, ses meubles et son argent.

Je n'ai rien répondu. J'avais un peu prévu cette réaction et je m'étais juré de ne rien dire qui risque de provoquer d'autres commentaires désagréables à entendre. Je ne me trompais pas. Dès que j'ai annoncé que je devais coucher là, Marthe a grincé :

— Tu vois, même à l'article de la mort, il te montrera encore qu'il tient à son fourbi. Eh bien, puisque c'est ça, nous allons manger ici. Comme ça, on ne quittera pas la maison une minute.

Nous avons mangé à la cuisine ce qu'elle avait préparé pour les patrons. La chatte est venue un moment sur mes genoux, mais, comme elle cardait, j'ai dû la faire descendre à cause de mon beau costume.

Dès après le repas, Marthe est partie chez nous. Nous avions dîné sans parler. Je pense que, presque autant que moi, elle était gênée de se trouver là alors que les patrons n'y étaient pas.

Je suis monté. La petite chambre était glaciale. Je me suis assis sur le lit. Etait-il vraiment nécessaire d'être armé comme à Verdun ? C'était stupide. Mais, parce que j'avais promis de le faire, je suis tout de même allé chercher le pistolet de Monsieur pour l'avoir à portée de la main. De toute façon, c'était une arme pour officier. Elle m'était étrangère.

44

Le matin, Pierre est arrivé à sept heures pour prendre le petit déjeuner avec nous. Il nous avait fait la surprise de passer par le village pour acheter un pain tout chaud. Nous n'avions pas eu pareille gourmandise depuis des années. Il nous a annoncé :

— Le brouillard monte du fleuve. Il sent la vase. Au jour il sera là. Et épais. Sans doute accroché pour durer. Il faudra partir de bonne heure.

— La messe est à dix heures, mais il faut passer chercher les patrons.

Pierre s'est étonné qu'ils ne soient pas là et j'ai dû lui raconter le malaise de la veille. Quand j'ai dit que j'avais couché dans la grande maison, je redoutais une réaction de Marthe, mais elle a fait comme si elle ne m'entendait pas.

Nous sommes partis à neuf heures moins le quart. Le brouillard était très dense. Peu de voitures sur la route. A la Mulatière, sans doute à cause du barrage sur la Saône, il était plus épais encore. J'ai déposé Marthe devant l'église. Je savais qu'on pouvait avoir besoin de place dans la voiture. J'ai eu raison. Monsieur était heureux qu'Odette et sa fille prennent place avec sa femme. La veuve du lieutenant portait un tailleur noir très sobre sous un manteau gris foncé. Elle avait un chapeau à voilette. Madame aussi avait le sien qu'elle portait déjà la veille. Et j'ai vu que Claudine Vallier en mettait un également. C'était bien un véritable enterrement, avec un cercueil tout neuf. Et pourtant, le lieutenant nous avait quittés depuis huit ans. En pensant à cela, je me suis demandé ce qu'il pouvait rester de sa dépouille dans ce beau cercueil.

Monsieur était d'une pâleur de cire. Il semblait respirer un peu mieux que la veille, mais nous n'étions qu'au début de la journée.

Comme je l'aidais à descendre de voiture dans la rue qui longe Ainay, il s'est agrippé à mon poignet. S'approchant de moi au plus près, il m'a soufflé :

— Laubier, on va enterrer mon petit garçon... J'espère que c'est bien lui, qu'ils ont mis dans cette boîte.

Il a fait trois pas chancelants avant d'ajouter :

— Lui ou un autre, c'est un soldat.

Sa belle-fille lui a pris l'autre bras et nous

sommes allés tout doucement jusqu'à l'entrée. Des gens arrivaient qui saluaient sans s'approcher. Comme sa belle-fille l'aidait à retirer son gant et lui donnait l'eau bénite, il a levé son regard vers elle pour murmurer :

— Vous êtes bonne, mon petit... Il vous aimait, vous savez... Il vous aimait.

Madame qui tenait le bras de sa fille et la main de la petite Lydie s'est avancée.

— Ne restez pas là, il va prendre froid.

Il y avait déjà du monde dans l'église et Monsieur a voulu éviter l'allée centrale. Nous allions donc, et, derrière nous, venaient Madame, sa fille et Lydie, puis M. Vallier avec le petit Paul vêtu en homme, le visage très grave et les yeux humides.

Il y avait beaucoup plus de fleurs que la veille et un grand nombre de cierges allumés.

Se trouvaient déjà là un général et bon nombre d'officiers, sans compter les soldats qui rendaient les honneurs. La messe a duré fort longtemps. Madame m'avait demandé de rester derrière elle pour le cas où il faudrait soutenir Monsieur.

Le curé n'a pas parlé longtemps. Mais, son petit sermon terminé, il a laissé la chaire à un très vieux prêtre qui s'est hissé avec peine. Sur l'instant, je ne l'ai pas reconnu. Puis, dès qu'arrivé en haut il a posé ses grosses mains osseuses sur le bois patiné et laissé tomber sur nous le regard de ses yeux noirs enfouis profond dans ses orbites, j'ai revu ce jésuite, professeur de M. Régis et que j'étais allé chercher plusieurs fois à Lyon, le dimanche, avec le fils de mes patrons. Le père Deromieux avait vieilli, mais sa voix restait la même. Il portait sa Légion d'honneur, sa croix de guerre et sa médaille militaire. Il a évoqué longtemps le petit garçon à qui il avait enseigné le latin et qui apprenait si bien. Puis il a parlé de la guerre. La sienne qui est aussi la mienne et qu'il avait faite comme aumônier militaire, quatre fois blessé. Puis il en est venu à l'autre. Là, j'ai vu qu'il marquait une hésitation avant de dire :

— Régis aurait très facilement pu ne pas être mobilisé dans une unité de l'avant. Mais il était spahi. Il aimait son arme. Il aimait sa patrie. Appelé sous les drapeaux, il ne voulait pas qu'un autre risque d'être tué à sa place. Il est là, aujourd'hui, devant nous, sous ces trois couleurs qu'il a voulu défendre...

A ce moment-là, un énorme sanglot est monté de la poitrine de Monsieur qui n'a plus pu se contenir. Il s'est mis à pleurer, la tête sur ses bras croisés en haut du dossier d'un prie-Dieu. Le dos secoué comme par une tempête. Je l'entendais gémir :

— Pardon... Pardon... Pardon...

Et je n'ai rien retenu de la fin du propos du

père Deromieux, occupé que j'étais à soutenir mon patron dont le corps sans forces risquait à tout instant de verser sur le côté.

Madame aussi pleurait. Et, dans l'assistance, je crois que bien des gens versaient des larmes.

La messe terminée, il nous restait à monter au cimetière. Nous avons installé Monsieur à l'arrière de la voiture avec Madame et la petite Lydie qui pleurait à chaudes larmes. Odette aussi pleurait. Elle était à côté de moi, raide, le visage très pâle, mordant un mouchoir roulé en boule.

J'ai assisté à de nombreux enterrements dans ma vie, mais je puis dire qu'à part ceux de mes propres parents, aucun ne m'avait pareillement retourné.

Au cimetière, les sonneries de trompettes, leur écho étouffé par l'épais brouillard, les gens tous gris et noir qui semblaient se mouvoir avec peine dans ces vapeurs accrochées aux croix de pierre, tout cela demeure en moi comme un moment à la fois proche et lointain. Mais il y a deux visages que je ne saurais oublier, celui de la petite Lydie, transie et grelottant autant de chagrin que de froid. Celui du petit Paul, blême lui aussi, portrait vivant de son oncle Régis lorsqu'il était enfant.

45

Au sortir du cimetière, nous sommes redescendus vers le centre de Lyon pour déposer Odette et sa fille chez les Vallier. Mme Claudine qui nous avait précédés attendait au pied de l'escalier. Elle s'est précipitée vers la voiture. Elle voulait absolument que ses parents montent manger mais Monsieur s'est mis tout de suite en colère :

— Non, non et non ! Fous-moi la paix.

— Mais nous avons du monde qui voudrait vous voir.

— Je me fous de tes invités. Nous ne sommes pas à la noce.

Il a embrassé sa belle-fille et la petite Lydie, puis il m'a lancé :

— Allez, Laubier, en vitesse ! Je commence à avoir envie.

— Eh bien, justement...

— Je ne veux pas monter un étage pour ça !

Madame ne bronchait pas. Descendue de

voiture pour embrasser les enfants, elle y est remontée tout de suite. Elle s'est assise à côté de Marthe qui essayait de se faire toute petite dans son coin. Le patron a grogné :

— Allez, Laubier, pressons. Je vous dis que j'ai envie.

— Mais tu as fait pipi au cimetière, a dit Madame.

— Eh bien, j'ai tout de même envie.

Il semblait vraiment que son chagrin s'était mué en colère et qu'il se cramponnait à cette rage sourde avec une espèce de désespoir.

J'ai roulé le plus vite possible, mais le brouillard encore très épais en certains endroits obligeait à ralentir souvent. Monsieur ne disait plus rien, mais je le sentais prêt à exploser.

Dès notre arrivée, mon fils qui bricolait dans la cour s'est précipité pour ouvrir la portière.

— Aide-moi à sortir de là !

Nous nous sommes tous hâtés. Marthe ouvrait la porte, Madame et moi le tenions de chaque côté. Nous ne l'avons lâché qu'à l'entrée des toilettes, où il est demeuré longtemps. Pierre était resté dehors. Marthe avait passé une blouse pardessus sa robe noire et s'affairait dans la cuisine où je l'entendais remuer des casseroles. Madame et moi attendions en nous regardant de temps en temps. Plusieurs fois, elle a soupiré profondément. Elle a même murmuré :

— Mon pauvre Augustin, c'est fini !

Je me suis demandé si elle parlait des obsèques de son fils ou de la vie de son mari.

Quand Monsieur est sorti des cabinets, il était très pâle et tremblait. Il a montré son pantalon. Il y avait une longue coulure le long de la jambe gauche. Il a dit :

— Je me suis mouillé.

Des larmes perlaient à ses cils. Il avait l'air d'un enfant qui a commis une énorme faute.

Madame a dit :

— C'est rien. C'est rien du tout... Veux-tu manger ?

— Non, je veux me coucher.

Comme il semblait complètement épuisé, j'ai fait comme chez sa fille, je l'ai pris dans mes bras et je l'ai monté jusque sur son lit. Une fois là, il a soupiré :

— Des mondanités, Seigneur, j'ai bien envie de ça !

46

Dès le lendemain, j'ai compris que Monsieur s'était installé dans l'attente de la mort. Il s'est mis à se lever beaucoup plus tard. Il continuait de s'habiller très convenablement, mais il ne chaussait plus que des pantoufles. Même par les jours de soleil, il ne sortait plus pour marcher jusqu'au bout de la grande allée. Il n'écoutait la radio que si Madame la mettait en marche. Les journaux restaient avec leur bande. Tels que les apportait le facteur.

Après les obsèques, des piles de lettres étaient arrivées. Madame avait tout ouvert. Je l'avais plusieurs fois entendue lire des passages. Il hochait lentement la tête. Son regard restait perdu dans des lointains que lui seul pouvait pénétrer. Si Madame insistait, il disait :

— Je répondrai plus tard.

Mais il savait fort bien qu'il ne répondrait jamais. Il n'en avait aucune envie et ça se voyait clairement sur son visage pour toujours fermé à la vie.

Trois semaines ont coulé ainsi et puis, un matin, quand je suis arrivé, Madame m'a dit :

— Monsieur ne va pas. Il restera au lit. Le docteur va venir.

Je suis monté allumer du feu dans son bureau pour que sa chambre ne soit pas trop humide. Il y avait un bon soleil d'avant-printemps. Quand il m'a entendu remuer les grilles et tirer le cendrier, il m'a appelé :

— Laubier, quand vous aurez fini, vous viendrez vers moi.

Lorsque je suis entré dans sa chambre, il était à demi assis, les épaules et la tête enfoncées dans deux gros oreillers. Je l'ai salué. Il m'a dit :

— Bonjour, mon petit. Asseyez-vous une minute près de moi.

J'ai pris place dans le fauteuil qu'il me désignait. Il m'a regardé un long moment en silence. Sans bouger un cil. J'avais l'impression qu'il souhaitait vraiment entrer en moi. Mais c'était sans agressivité. Sans doute avec beaucoup de tendresse. Pourtant, je me sentais très gêné par ce regard et ce mutisme. Enfin, d'une toute petite voix fêlée, il m'a demandé :

— C'était terrible, n'est-ce pas, Verdun ?

— Bien sûr, Monsieur.

— Oui. Et moi je fournissais des pièces à

Marius pour ses camions, et des douilles d'obus. Je sais bien que je n'étais pas dans la boue. Que je gagnais ma vie. Mais enfin, Laubier, sans des gens comme moi, qu'est-ce que la France serait devenue ? Je vous le demande.

Là, il s'est arrêté. Moi, je ne pouvais que faire oui de la tête. Son propos venait, une fois de plus, de réveiller pas mal de morts. Des vieux morts de vingt ans. Des morts qui avaient toujours vingt ans et ne vieilliraient jamais. Des vivants que les camions de la Voie sacrée avaient montés vers la boucherie au sol de boue et de sang.

Il n'a rien ajouté. Je suis resté encore un long moment à attendre. Il me regardait toujours, mais plus avec la même intensité. De temps en temps ses paupières battaient. Je me suis demandé s'il me voyait vraiment. Comme je remuais sur mon siège, il a semblé revenir au présent :

— Vous pouvez aller, mon petit.

De ce jour-là, il ne s'est plus levé que pour se rendre quelques minutes dans son bureau où il cherchait dans ses papiers. Il revenait à son lit avec un livre ou un dossier. A plusieurs reprises, il m'a encore parlé de Verdun, mais il ne me demandait plus de rien lui raconter.

Un jour, parlant plus haut et plus net que d'habitude, il m'a lancé :

— Tout de même, Laubier, vous étiez dans la

voiture quand nous sommes revenus avec mon fils, avant son départ pour la guerre. Il m'a engueulé. Il voulait aller se battre. Il y est allé. Je n'ai fait que mon devoir de père en lui disant que j'aurais aimé qu'il ne parte pas. Mais je ne l'ai pas empêché de partir. Est-ce qu'on peut m'en vouloir pour ça? Est-ce qu'on peut en vouloir à un père d'aimer son fils? Enfin, Laubier, vous qui avez fait la guerre, est-ce que vous pouvez en vouloir aux gens qui vous ont fourni des armes? Les Boches ne nous arrivaient pas dessus les mains nues!

C'est la seule fois où il s'est mis en colère. Il revenait souvent à Verdun, à la Voie sacrée, à Aulnois, mais c'était plutôt pour en parler avec douceur. Avec, dans la voix et le regard, une infinie tristesse.

Les enfants continuaient de venir le dimanche, au moins ceux dc Lyon. Quant à la belle-fille, elle écrivait souvent et Madame lui répondait. Elle téléphonait aussi.

Un poids énorme pesait sur la propriété. Et je manquais de courage pour le travail.

Un matin que je me trouvais seul dans sa chambre, Monsieur m'a demandé :

— Laubier, combien de fois m'avez-vous vu cloué au lit?

Je n'ai pas eu à réfléchir longtemps.

— Une seule fois, Monsieur, par une grosse bronchite. Durant l'hiver 38.

— Bravo, bonne mémoire.

Il a hésité puis, sur un ton beaucoup plus terne, il a repris :

— C'était l'époque où j'avais encore intacte ma fameuse baraka. A présent...

Il a fermé les yeux. Sa main s'est soulevée pour retomber sur la couverture. Je pense que ce petit geste voulait dire : Allez !

Je suis sorti, mais ces quelques mots avaient suffi pour me transporter en cette fin d'hiver de 1938. Encore alité mais déjà sur la bonne voie de la guérison, Monsieur en profitait pour regarder des livres qu'il n'avait encore jamais ouverts. Un jour, Madame vient me chercher dans la remise où je bricolais :

— Venez, Augustin, Monsieur vous demande.

Je suis monté dans sa chambre. Un gros livre relié en cuir rouge était sur son lit. Il semblait très gai.

— Laubier, vous vous souvenez, un jour, en rentrant d'Italie par les Alpes, on s'est arrêté dans un bled où il y avait un brocanteur.

— Oui, Monsieur.

— J'ai acheté ce que vous appelez une vieille cruche avec son plat. Savez-vous où on l'a rangée ?

— Bien sûr, Monsieur, elle est au grenier.

— Foncez la chercher, mon petit. Foutez-lui un bon coup de brosse pour la dépoussiérer et apportez-la ici.

Madame est sortie devant moi après avoir dit :

— Mon pauvre ami, tu es fou. Si c'était ça...

Au grenier, j'ai trouvé tout de suite ce machin en étain dont j'avais oublié le nom. Je l'ai pris avec son plateau, l'ai brossé et porté au patron. Il a ouvert le livre à une page marquée. J'y ai vu la photographie de ce que je venais d'apporter.

— Regardez. La même. C'est bien ça.

Et il s'est mis à hurler :

— Thérèse ! Thérèse ! monte vite.

Madame est montée en maugréant.

— Regarde. Et écoute ça : « Cette aiguière, chef-d'œuvre de Briot, est exposée au musée de Cluny. Le vase et son plateau sont signés en dessous au centre par son nom et son portrait gravés. On sait que cet artiste avait exécuté deux fois cette pièce mais on ignore ce qu'est devenue la réplique. »

Je le vois encore nous montrant le dessous du vase et du plateau et glapissant :

— La réplique, elle est là ! Trois sous, je l'ai payée. Trois sous !

Quatre jours plus tard, nous prenions la route pour Paris. C'était au temps où, pour lui, les kilomètres ne comptaient pas. Et je n'oublierai jamais son sourire lorsque, sortant du musée en brandissant son aiguière, il m'a rejoint à la voiture en disant :

— Une fortune, il m'en donnerait. Si vous aviez vu sa tête, à ce conservateur ! La baraka, Laubier, la baraka !

Pauvre Monsieur, c'est bien vrai que sa chance l'a quitté ce jour de 40 où son fils est parti.

47

Plusieurs fois encore, Monsieur a profité que je me tenais à proximité pour m'appeler et me faire asseoir dans le petit fauteuil crapaud, le plus proche de son lit. Je savais qu'il allait me parler de la guerre, mais je me demandais toujours s'il allait en revenir à sa dispute avec son fils ou à Verdun.

Un matin, il semblait particulièrement soucieux et un peu agité. Je n'étais pas tranquille. Je redoutais qu'il ne se trouve mal à force de s'énerver. Son souffle était si court qu'il me semblait toujours qu'il allait s'étouffer.

Il m'a regardé un moment comme s'il espérait que je parle à sa place. Je sentais augmenter ma sensation de malaise.

Soudain, se dressant sur son lit, il a essayé de crier :

— Laubier ! Un jour, il y a un salaud qui m'a traité de profiteur de guerre. Ce que j'ai gagné, mon pauvre petit, ce n'est rien... Je me suis renseigné. Il y a des rapports qui ont été publiés. Vous pouvez regarder, le dossier est sur mon bureau.

Comme il reprenait son souffle, j'ai dit :

— Mais non, Monsieur, ce n'est pas nécessaire, je vous fais confiance.

— Vous pouvez. Et j'ai de la mémoire. Ceux qui ont profité, ce sont les Anglais et les Américains. L'Anglo-Persian Oil Company. Trente mille livres sterling de déficit en 14, trois cent quarante mille livres de bénéfices en 17 ! Il y a des industries comme le caoutchouc qui ont multiplié leurs bénéfices par cinquante... Cinquante fois, vous m'entendez !

Là, il s'est interrompu pour tousser. Il lui a fallu un long moment pour se reprendre. J'aurais bien aimé m'en aller, mais je ne pouvais pas.

Il s'est mis à me reparler de nos obus qui étaient meilleurs que ceux des Allemands. Et, je ne sais pourquoi, pour la première fois j'ai eu envie de lui dire que je le savais. A Verdun en particulier, c'était un front tellement en dentelle qu'il arrivait souvent que nos artilleurs tirent trop court. C'était sur nous que tombaient alors ces obus dont il était si fier.

Il est encore revenu aux profits pour dire qu'on n'avait pas attendu la fin de la guerre pour en parler. Dès 1917, des députés avaient étalé des chiffres significatifs. Une société au capital de cent vingt-cinq mille francs avait réalisé en un an plus de deux millions de bénéfices.

Et puis, comme toujours, il est revenu à la Voie sacrée. Mais je me demande ce qu'il avait ce jour-là. Il a encore débité des chiffres pour me démontrer qu'il y avait eu plus de morts dans la Somme et en Champagne qu'à Verdun. Et il a conclu en criant :

— Pourtant, il n'y avait pas de Voie sacrée ! Pas de camions avec des pièces qui sortaient de chez moi... mais pourquoi il m'a engueulé, mon garçon ?

Il est retombé épuisé sur ses oreillers. Je me suis alors levé pour le recouvrir. Il était en nage. Sa main squelettique s'est accrochée à mon poignet et j'ai cru qu'il ne me lâcherait plus.

Madame qui avait dû l'entendre est montée. Elle lui a parlé doucement en lui épongeant le front.

Il m'a libéré et Madame m'a fait comprendre d'un geste que je pouvais m'en aller.

48

Alors que le printemps éclatait sur le parc et le verger, le patron a cessé de se lever. Une religieuse du couvent venait chaque matin et chaque soir pour les soins. C'était une grande femme mince et dure de visage qui avait dû être très belle. En dépit d'un physique qui pouvait effrayer un peu, c'était une personne pleine de douceur. Je montais parfois avec Marthe lorsqu'il était nécessaire de sortir Monsieur du lit pour changer les draps et retourner le matelas. Invariablement il disait :

— Mes pauvres petits, quel spectacle je vous offre ! Il est loin, Buffalo !

Un jour que j'étais sorti en même temps qu'elle, la religieuse m'a demandé pour quelle raison mon patron parlait toujours de Buffalo. Je lui ai répété ce que Monsieur m'avait si souvent raconté. Elle m'a confié :

— Mon père était boucher, il portait une

moitié de bœuf sur son épaule. Quand il est mort, je l'ai pris dans mes bras comme un bébé. La vieillesse et la maladie s'entendent à merveille pour faire de nous des ombres de ce que nous avons été.

Claudine venait de plus en plus souvent. Elle amenait le petit Paul chaque fois qu'elle pouvait. Il m'est arrivé de me trouver dans la chambre au moment où l'enfant y entrait. Le visage du malade s'éclairait alors. Les larmes coulaient sur ses joues creuses et très pâles. Il ne disait rien, mais il suffisait de regarder les photographies de Régis à tous les âges, dans leur cadre, sur la cheminée, pour comprendre ce que le vieillard éprouvait.

Dans les derniers jours, il a eu des moments où tout devait se brouiller dans sa tête. Il parlait à son fils. Il le croyait mort en 17 à Verdun.

— On vous avait pourtant fait des bons camions. Et nos obus étaient bien supérieurs aux autres.

Puis il revenait à Aulnois :

— Pourquoi tu as sorti ton pistolet ? A quoi ça pouvait servir d'en tuer un ou deux ? Je sais, la guerre, c'est fait pour ça. Ne crois-tu pas que tu aurais dû penser un peu à nous ? Ta mère, ta pauvre maman, tu n'as même pas pensé à elle !

Un autre jour, c'est Marthe qui l'a entendu parler de cette dispute à laquelle j'avais assisté. Il semblait ne s'être jamais pardonné de n'avoir pas pu se réconcilier avec son fils avant sa mort.

— Tu étais mon petit garçon. On ne s'était jamais disputés, nous deux. On s'aimait trop. Tu n'as pas compris que c'était par amour que je voulais te garder. Les parents sentent des choses. Je savais bien que tu partais à la rencontre du malheur.

Depuis qu'il ne descendait plus, il avait demandé à Marthe de monter sur la cheminée de sa chambre le cadre aux décorations et celui où se trouvait M. Régis dans son bel uniforme. Nous nous étonnions, Marthe et moi, de ne jamais l'avoir entendu parler de sa bru.

Simplement, tout à fait à la fin, il lui est arrivé quelquefois d'appeler la petite Lydie. Et Marthe a dit :

— Tout de même, je pensais que Madame les ferait venir avant la fin.

Mais Madame avait peut-être raison, les enfants n'ont rien à gagner au spectacle de l'agonie.

Deux ou trois fois, il a été pris de colère. Il semblait recouvrer ses forces pour crier qu'il n'avait pas mérité ça ! Je ne sais pas à qui il s'adressait lorsqu'il lançait :

— Ce n'est pas juste ! Vous m'avez pris mon fils et en plus, vous m'avez empêché d'aller le voir à Aulnois. Je n'ai même pas pu porter des roses à ceux de Verdun ! Mais qu'est-ce que vous avez après moi ? Les camions ? Et alors, s'il n'y en avait pas eu, des camions, est-ce que vous croyez qu'on aurait arrêté la guerre pour autant ? Les soldats y seraient montés à pied, à Verdun. Un peu plus de souffrance, c'est tout. Vous n'aviez pas le droit de me barrer la route.

Un soir, Marthe est rentrée bouleversée. Il paraît qu'il s'était dressé sur son lit en injuriant on ne savait qui. Il criait qu'il se foutait pas mal de son argent. Il n'avait pas fait ça pour gagner des sous. On ne pouvait rien lui reprocher. Et si on voulait qu'il aille se faire tuer à la guerre, il était prêt à y aller. Seulement, avant, il exigerait qu'on lui rende son fils.

Après, il était retombé épuisé sur son lit. A bout de souffle, il arrivait tout de même à murmurer encore :

— Je voulais le sauver. Je savais qu'on me le prendrait. Qu'on le tuerait pour me punir.

Et il avait répété : punir, punir, punir.

Marthe était livide en me racontant ça. Elle m'a montré son poignet. Monsieur l'avait serré tellement fort que la peau était encore rouge et portait la marque de ses ongles.

49

Et puis, un après-midi de grande lumière, alors que le fleuve miroitait entre les arbres sous un ciel calme, Marthe est venue me chercher tout en haut du verger où j'étais occupé à traiter les abricotiers. Il ne lui arrivait jamais de délaisser son travail pour venir me rejoindre. La voyant monter entre les arbres, j'ai tout de suite compris. Nous nous sommes regardés et elle a simplement murmuré :

— C'est fini !

J'ai laissé mon bidon et mon pinceau au pied de l'arbre et je suis descendu avec elle. Nous n'avions rien à nous dire. L'après-midi était splendide. Pourtant, il manquait l'essentiel à ce verger et à ce parc où nous avions été heureux.

Madame était assise dans le petit salon. Elle avait les yeux rouges mais elle ne pleurait pas. Elle s'est levée à mon entrée. Je lui ai serré la main. Elle a dit :

— Votre patron a fini de souffrir. J'ai appelé la sœur. Elle ne devrait pas tarder. Nous aurons besoin de vous.

La religieuse est venue et j'ai dû aider à la toilette et à l'habillage. J'ai eu un peu l'impression d'accomplir là des gestes que je n'avais pas faits pour mon père au moment de sa mort parce que je ne me trouvais pas sur place.

Et, tandis que nous déplacions ce corps squelettique dans son lit, j'ai vu se dérouler tout ce que j'avais vécu d'heureux en compagnie de cet homme qui s'était toujours montré bon et généreux avec nous. J'ai revécu aussi les moments de tension, certaines colères et, surtout, cette dispute avec son fils peu avant qu'il ne parte pour la guerre. Ça n'avait pas duré très longtemps, ce n'était pas ce qu'on peut appeler une vraie scène de violence, mais je resterai toujours persuadé que ces minutes ont suffi pour empoisonner la vie de mon patron.

Une fois vêtu de son costume noir et allongé sur son lit, il avait presque l'air reposé.

Les Vallier, que Madame avait appelés, sont arrivés alors que nous terminions l'arrangement de la chambre. Claudine a dit :

— J'ai pu avoir Odette, elle sera à Lyon avec la petite demain à dix heures vingt-quatre.

Elle s'est tournée vers moi pour ajouter :

— Vous irez à la gare, Augustin.

Nous nous sommes organisés pour la nuit, puis le curé du village est arrivé. Trois autres personnes sont venues aussi proposer de veiller. Madame les a remerciées en disant que nous étions assez nombreux. Elles ont donné l'eau bénite et sont reparties.

Mon fils et sa femme nous ont rejoints et ils ont aidé à la cuisine pour faire à manger. Il y avait à préparer le repas du soir et ceux du lendemain car d'autres personnes aussi viendraient.

M. Vallier était au téléphone. Il chargeait sa secrétaire et son chauffeur de tout mettre en train pour les obsèques. Et j'ai compris que tout était prévu depuis pas mal de temps. En sorte, c'était un peu comme un imprimé rempli à l'avance où il ne restait plus à ajouter que la date.

C'est encore une de ces choses qui appartiennent au monde des riches mais dont le nôtre n'aurait jamais l'idée.

50

Je n'ai aucun goût pour raconter les obsèques. Voici près de six mois qu'elles se sont déroulées. L'hiver est revenu sur les arbres dépouillés. Je termine ces jours le ramassage des feuilles mortes dans le grand parc désolé. Madame nous a déjà annoncé qu'elle ne passera pas la fin de l'année ici. Elle ira chez sa fille. Nous serons seuls. Gardiens de la maison morte où dort un large pan de notre passé.

Depuis la disparition de Monsieur, nous avons beaucoup moins de travail, mais nous préférerions en avoir cent fois plus et qu'il soit encore là.

Madame se rend souvent à Lyon chez les Vallier pour deux ou trois jours. Je la conduis. Quand elle veut revenir, elle téléphone et je vais la chercher. En son absence, je couche dans la chambre que Marthe nomme la salle des gardes. On y a placé toutes les armes et un petit coffre qui contient des bijoux et autres valeurs. Il m'arrive souvent, avant de me coucher, d'aller m'asseoir dans le bureau de Monsieur où rien n'a été déplacé. Il me semble qu'il va venir prendre place à sa table, en face de moi, dans son fauteuil où personne d'autre que sa chatte ne s'est assis depuis son départ. Il va s'accouder et me parler de la roseraie, de la triplette et de Buffalo Bill.

Je l'ai dit un jour à Marthe et nous nous sommes querellés parce qu'elle m'a lancé :

— N'empêche que les roses ont fini par devenir des obus qui tombaient sur Verdun.

J'ai aimé mon patron qui a toujours été bon et très généreux avec moi. Je respecte son souvenir et je n'admettrai jamais qu'on dise du mal de lui.

Prieuré Sainte-Anne
printemps-automne 1993

DU MÊME AUTEUR

Aux Éditions Albin Michel :

LE ROYAUME DU NORD, roman :
1. Harricana ;
2. L'Or de la terre ;
3. Miséréré ;
4. Amarok ;
4. L'Angélus du soir ;
6. Maudits Sauvages.
Quand j'étais capitaine, roman.
Meurtre sur le Grandvaux, roman.
La Révolte à deux sous, roman.
Cargo pour l'enfer, roman.
L'Homme du Labrador, roman.
Le Royaume du Nord, album
(photos J.-M. Chourgnor)
Le Roi des poissons
(Albin Michel-jeunesse)

Chez d'autres éditeurs

ROMANS

Thiennot, *J'ai Lu.*
L'Ouvrier de la nuit, *Robert Laffont.*
Pirates du Rhône, *Robert Laffont.*
Qui m'emporte, *Robert Laffont.*
L'Espagnol, *Robert Laffont.*
Malataverne, *Robert Laffont.*
Le Voyage du père, *Robert Laffont.*
L'Hercule sur la place, *Robert Laffont.*
Le Tambour du bief, *Robert Laffont.*
Le Seigneur du fleuve, *Robert Laffont.*
Le Silence des armes, *Robert Laffont.*
LA GRANDE PATIENCE, *Robert Laffont* :
1. La Maison des autres ;
2. Celui qui voulait voir la mer ;
3. Le Cœur des vivants ;
4. Les Fruits de l'hiver.
LES COLONNES DU CIEL, *Robert Laffont* :
1. La Saison des loups ;
2. La Lumière du lac ;
3. La Femme de guerre ;
4. Marie Bon Pain ;
5. Compagnons du Nouveau-Monde.
L'Espion aux yeux verts (nouvelles), *Robert Laffont.*

ALBUMS, ESSAIS

Je te cherche, vieux Rhône, *Actes Sud.*
Arbres, *Berger-Levrault.*
(photos J.-M. Curien).
Bernard Clavel, qui êtes-vous ? *J'ai Lu*
(en coll. avec Adeline Rivard).

Léonard de Vinci, *Bordas.*
Le Massacre des innocents, *Robert Laffont.*
Lettre à un képi blanc, *Robert Laffont.*
Victoire au Mans. *Robert Laffont.*
Fleur de sel (photos Paul Morin), *Le Chêne.*
Contes espagnols, *Choucas.*
(illustrations August Puig).
Terres de mémoire, *Delarge*
(avec un portrait par G. Renoy, photos J.-M. Curien).
L'Ami Pierre, *Duculot*
(photos J.-Ph. Jourdin).
Bonlieu, *H.-R. Dufour*
(dessins J.-F. Reymond).
Contes du Léman, *Hifach*
(illustrations J.-P. Rémon).
Célébration du bois, *Norman C.L.D.*
Écrit sur la neige, *Stock.*
Paul Gauguin, *Sud-Est.*

JEUNESSE

L'Arbre qui chante, *La Farandole.*
A. Kénogami, *La Farandole.*
L'Autobus des écoliers, *La Farandole.*
Le Rallye du Désert, *La Farandole.*
La Maison du canard bleu, *Casterman.*
Le Chien des Laurentides, *Casterman.*
Le Hibou qui avait avalé la lune, *Clancier-Guénaud.*
Odile et le vent du large, *Rouge et Or.*
Félicien le fantôme, *Delarge.*
(en coll. avec Josette Pratte).
Rouge Pomme, *l'École.*
Poèmes et comptines, *École des Loisirs.*
Le Voyage de la boule de neige, *Laffont.*
Le Mouton noir et le loup blanc, *Flammarion.*

L'Oie qui avait perdu le Nord, *Flammarion.*
Au cochon qui danse, *Flammarion.*
Légende des lacs et rivières, *Hachette.*
Légendes de la mer, *Hachette.*
Légendes des montagnes et des forêts, *Hachette.*
La Saison des loups, *Claude Lefranc.*
(bande dessinée par Malik).
Le Grand Voyage de Quick Beaver, *Nathan.*
Les Portraits de Guillaume, *Nathan.*
La Cane de Barbarie, *Seuil.*

La plupart des ouvrages de Bernard Clavel ont été repris par des clubs et en format de poche.

La composition de cet ouvrage
a été réalisée par l'Imprimerie BUSSIÈRE,
l'impression et le brochage ont été effectués
sur presse CAMERON *dans les ateliers de la S.E.P.C.,*
à Saint-Amand-Montrond (Cher),
pour le compte des Éditions Albin Michel.

Achevé d'imprimer en septembre 1994.
N° d'édition : 13743. N° d'impression : 1063-1833.
Dépôt légal : septembre 1994.